Ce que je sais de Vera Candida

Véronique Ovaldé

我所知道的薇拉

［法］维罗尼卡·奥瓦尔德 著

戴捷—译

上海文艺出版社

图书在版编目(CIP)数据

我所知道的薇拉/(法)奥瓦尔德著;戴捷译.
—上海:上海文艺出版社,2015
ISBN 978-7-5321-5155-4

Ⅰ.①我… Ⅱ.①奥… ②戴… Ⅲ.①长篇小说-法国-现代 Ⅳ.①I565.45

中国版本图书馆 CIP 数据核字(2015)第 084104 号

© Editions de l'Olivier, 2009

著作权合同登记号图字:09-2015-029

责任编辑:俞雷庆
特约策划:徐曙蕾 周 洁
封面设计:董红红

我所知道的薇拉
〔法〕维罗尼卡·奥瓦尔德 著
戴捷 译
上海文艺出版社出版、发行
地址:上海绍兴路 74 号
电子信箱:cslcm@public1.sta.net.cn
网址:www.slcm.com
新华书店经销 宁波市大港印务有限公司印刷
开本 889×1194 1/32 印张 7.25 字数 157,000
2015 年 7 月第 1 版 2015 年 7 月第 1 次印刷
ISBN 978-7-5321-5155-4/I·4066 定价:28.00 元

序　曲

美洲豹的回归

当得知只有六个月可活时，薇拉·坎迪达放下了一切，回到瓦塔布纳。

她知道应该找到海边的那间小木屋，坐在屋前的椅子上呼吸着紫檀花与小木屋混合起来的气息，这样才亲切，才更加有活力，这活力甚至都能让她闻到走向生命终点的味道，这气味在瓦塔布纳的土地上弥漫着腐烂与细微碘的气息。她仿佛看到自己的脚踝碰到纸箱子以及交叉在肚子上的双手，由于紧贴靠背的木板，连上面的小木刺和极小的白蚁洞都镶进后背里去了。

在乘坐从诺阿图到瓦塔布纳的长途车上，薇拉·坎迪达在半睡半醒中一直回忆在瓦塔布纳度过的漫长岁月。她知道回到瓦塔布纳就能够找回自己的钟点，这个钟点从来不会欺骗自己，不会在某一整点到来之时奇迹般突然消失，也不会大步向前迈进，而是一步步精准地走。那些分钟，不管是生命的最后一刻还是组成了无法估量的整整一生，都会走得公公正正、不偏不倚。

有很长时间了,薇拉·坎迪达失去了她的时间坐标。

那是在二十四年前,她离开瓦塔布纳,坐上了与这趟车反方向的长途车。今年的车比当年要新,既没有奇奇怪怪的补丁和粗黑胶条,也没那么叮当乱响和嘈杂脏乱,掀开地毯也看不到大路,车轮不那么光滑。然而司机却是同一位,连反光镜上挂的一对护身符都没变,只不过落了一层灰,颜色也暗淡了,收音机里仍发出乱哄哄吵吵闹闹的声音,像是女巫的念咒声。

车上只有薇拉·坎迪达一个人,她的肚子里已经没有了孩子,可是多了某种东西,不像以前那么怪异,却是毁灭性的,她也不是十五岁的孩子了。

"终点站!"司机大声吼道。

薇拉·坎迪达抓起包背在背上,背带弄破了她的皮,她皱了皱眉,心想:"这就证实了我身体素质在下降。"

那人看着她下车,等她下了车站在路上时突然向她侧过身子问:

"我好像在哪儿见过您?"

她转过身盯住他,司机有些不好意思,说:

"我本来以为在哪儿见过您,可我见的人太多了。"说着他用手臂在周围街区和附近划了一大圈。

"您不可能认识我。"她回答说,脸上露出笑容好不致使对方难堪。她明知道自己会给别人造成什么印象,她三十九岁了,这个年龄的人知道会给同辈人留下什么印象。她猜想司机很不安,薇拉·坎迪达的眼睛是湛蓝色的,会发出凶狠的目光,与她本人很不协调。她自出生起就眉头紧皱。有的人从来不看跟他说话人的眼睛，而只看额头下面的那一块。就这一点距离会给人造成难以言表的局促不安。薇拉·坎迪达就是这样看人的，好像她脸上的肌肉总是处于紧张状态，或是天生残疾，没有办法使之变得温柔与多情。薇拉·坎迪达在很小的时候就从不放过任何观察人的机会，像是把每个人都放在光天化日之下，当然事实并不如此，她也没有这个力量，她只会像刚出生的小美洲豹一样紧紧盯着别人，弄得别人一门心思只想赶快溜之大吉。

司机关上门，发动了汽车。

薇拉·坎迪达放下背包，呼吸着红树的气息、大路上的灰尘、柴油机和加勒比海的气味——就是羊腿与炸面裹的混合味道。她听到附近房屋窗内传来电台和电视的嘈杂声。现在应该是早上七点或七点半，她估算着。远处传来海边浪花沙沙的声响，她拾起背包穿过村子，向那间她二十四年前离开的小木屋走去。

她看到的是一间快餐店。

铁皮顶小屋门上挂着锁。薇拉·坎迪达走近以后透过门上的玻璃往里看，残羹剩饭留下的气味令她想到自己胃里的状况，她有点恶心，忍不住咬紧牙关骂道："妈的。"她本来以为小木屋会荡然无存，这是意料中的，不是吗？在出发之前她就是这么想的，可她为什么还是要做这趟旅行呢？她看见两张桌子上倒放着板凳，酒吧台是用一块旧木料自制的。她坐在自己的背包上喘气，两只手交叉在前面，看着自己的手指交叉着，想着血管里流动的血，想着自己的身体一点点衰落下去，真想让自己消逝在静谧的绝望中。她并非感觉不好，而只是不想再主宰命运。

"喂。"她听到一个声音。

她抬起头向左边看,在一个篱笆后面有张老妇人的脸,手抓在铁篱笆上,站在自己光秃秃的花园里冲她咧着没牙的嘴笑。

"喂。"老人又说。

薇拉站起身向她走去,觉得可能会听不到那老妇人的声音,所以一直走到离她很近的地方。老人脖子上戴着闪光的饰物,仿制的硕大奖章和链子,像个摔跤运动员,好像她把家里所有的装饰都拿出来戴在仍能承受得了重物的脖子上。她的一只眼睛死气沉沉,另一只眼睛闪闪发光,年龄像是有一百一十岁。薇拉·坎迪达看见她抓住铁篱笆的手像鸟爪。她说:

"您好。"

"你是薇拉·坎迪达,"老妇人用极小的声音回答她,又轻咳几下接着说,"你的外祖母跟我说过,你会回来的。"

第一部　瓦塔布纳

1 罗丝·布斯塔曼特的两个职业

罗丝·布斯塔曼特,就是薇拉·坎迪达的外祖母,在这片海域成为优秀的捕飞鱼能手之前是瓦塔布纳一个最漂亮的妓女。

由于十四岁失去了处女身被自己的生身母亲抛弃,罗丝·布斯塔曼特在瓦塔布纳高坡上的表兄家长大。所谓的表兄就是他们的儿子过于多次地接触过罗丝·布斯塔曼特,不知道是不是因为这个原因他们接受罗丝住在家中,他们让她住了一段时间并对她表现出毫不在乎的粗野,似乎她不过是一只多余的小山羊。

罗丝·布斯塔曼特最后不得不从瓦塔布纳的山坡上搬下来,干起了她母亲预言过的行当:在小木屋里——就是今天看到的破烂快餐店——开始了自己的妓女营生。她的客人们只付合理的钱就可以跟她上床,听着小屋前海滩上海浪轻轻的喘息声,隐身在贴着红红绿绿塑料瓶盖门帘的后面。

到了四十岁,罗丝觉得自己再继续这档子事有点太老,于是决定不再当妓女。她不想为了招揽生意只在夜里干活,也不想在草垫上委屈自己使柔软胴体上的皮肤变成像床单的皱褶一样。她去买了条破船、一张渔网和一顶宽檐草帽,开始着手捕飞鱼，或者不如说像抓蝴蝶那样捕鱼，每周三和周六拿到市场上去卖。她灵巧、细心而勤劳，这些优点在这两种职业中都帮了她的大忙。

到此为止罗丝没有生过孩子，因为她没办法生，这倒也挺方便。她感觉这既不稳定又充满暴力的世界无法令人尽情享受抚养孩子的乐趣。

这些都不重要，她坐在市场的摊子上想心事，我肚里无货，生活简单。旁边的几个老长舌妇都对她的飞鱼和手腕上戴的手镯羡慕不已。她只要一转过她美丽的背脊，这些妇女们便在指责她和欣羡的同时得到满足，说她外表清高实则内心悲苦，等她老之将至又没丈夫又没孩子谁来照顾她；更别提那些表姐妹，她们的丈夫也指望不上，而她们的孩子早就离开小木屋自己飞去了，连他们自己的老母亲到了最后一刻都不见得有人回来照顾。

罗丝因第一个职业的缘故从来没有受到过多的打扰，无论是在期间还是以后。村里的女人们天真地想，既然有罗丝在，她们的男人就不必走太远去找别人；况且她们也足够聪明，自己不愿再经常干的事现在由一个与她们结婚当初一样漂亮和能干的人来继续，因此多少对她心存感激。

罗丝因此许多年都很清静，她的生活只有在赫罗尼莫来到瓦塔布纳以后才开始复杂起来。

2　飞翅白车

　　赫罗尼莫来到村庄之前罗丝就听说过几桩跟他有关的事。他的名声跟强盗、职业牌手或是绿眼睛的花花公子联系在一起，即使是在这个被世界遗忘的角落里，岛上最西端的瓦塔布纳小村也能风闻赫罗尼莫。

　　罗丝是在市场上得知他要到来的。听起来好像人们在谈论的是龙卷风，其行程、风力、避免的方式，但肯定最终是要与他撞个满怀。罗丝一心卖着她的飞鱼，没太注意这些流言，她用自己的办法来避免这件事，即装出心不在焉的样子，脸上带着笑，点着头，精心谋划的不在场而又热情洋溢，像这些事根本不会对她产生任何影响一样。但不知为什么，她其实更希望与此事有关，然而任何流言都无法令她过度热心或怒不可遏。

　　至于赫罗尼莫，人们传说他偷过钱，杀过人，放荡如"过佬"。瓦塔布纳人发不出"阔佬"这个音，而且即使是发得出这奇怪的字眼也不懂真正的意思，他们心下以为就是那些一天到晚坐私人飞机在世界各地转来转去的人，而且最终他们都会得富人的心病，生活无望并且没有节制。瓦塔布纳人还说赫罗尼莫是受到保护而且是做生意的，他们学舌说那叫"批发商",说他杀害过两三个政府高级职员,总是穿双黑色皮鞋,说他带着美元钞票箱子跑来跑去。

像罗丝这样生下来就当妓女后来变成渔妇的,怎么会在乎赫罗尼莫这类抢劫赌场的角色。

因此赫罗尼莫来到瓦塔布纳时罗丝没有任何直觉和预感。他是开车来的,其实他完全可以坐火车来,一个人占用一整个列车,火车头三米之前有人专门给他铺枕木和铁轨,就这样以他奴隶工作的速度一步步开过来,即使是这样也不会有人觉得奇怪。他开到瓦塔布纳来的那辆车完全不合时宜,因为是一辆带着小翅膀的白车,看起来就像是团伙头目或是好莱坞的座驾,就是在黑色大敞篷车里被围巾勒死的那类,再就是坐喷气机角色的那类车。

没人知道这车是怎么一直跑到这里来的。事实是所有的人都在看停在村中央的这辆车,它通身闪闪发光,露出镀铬以及纯洁的白色,像是刚刚从一场大雨里冲出来的。人们围着它转,越靠越近,最大胆的还伸手摸了摸。曾经当过小丑的马克斯的儿子还像车主一样潇洒地走近车门,这激怒了他的母亲,她走近他冲他脑门上就是一拳。马克斯的儿子大声嘎嘎笑着向后退。与此同时,村长接待了赫罗尼莫,他给了村长一叠厚厚的钞票以便得以在瓦塔布纳高坡上建房,那可是这世上最美的地方,地球上最适宜在高地建房名单中排在最前面的一个。这个消息一下子在人群中散开,真怀疑是否有蚊子在散布消息。

这事之后罗丝就登场了。

当时她仍然还是稳保矜持的态度,看见市场上人群散开都去观看那无赖赫罗尼莫的车子便收起摊位。她回到家给自己准备一份炸薯条小吃,美丽的臀部舒适地坐在藤条扶手椅里,双腿翘在小板凳上,正在她自己称作小木屋前的晒台上——用三根木条跟沙滩隔开——仰起头盯着海岸线呼吸着海风。她一点没想到赫罗尼莫这么快就来找她,本来以为她会远离骚扰的。罗丝·布斯塔曼特有点太自信了。她这么想:既然自己不去打扰别人,别人也不会来找她的麻烦。这样一个长期以来就在自家草褥子上刺入男人灵魂中去的女子怎么还会这么天真呢?

那辆白车到达村中几天之后——现在它留在村长家了,因为正是村长让赫罗尼莫住在家中,村长本人和几个傀儡议员就来找她说她的小木屋遮挡了赫罗尼莫要在山顶上盖的山庄的视线,他以其富有、强大、随意和专横的态度提议给她一大笔钱离开此地。随后她的小屋会夷为平地,但会给她在远一点的地方另盖一个房子,更大、更舒适,那个地方就不会影响到赫罗尼莫穿着锦缎睡衣清晨起来坐在晒台上——这回是真格的——用早餐,他可以尽情地欣赏海洋,在他深蓝色的眼底和大海之间不会有任何东西可以阻挡。

显然罗丝拒绝了,她解释说赫罗尼莫完全可以自己来说明,届时她就可以随意打发他到任何一个地方去擅自纵欲行事。

所有发生的这一切,薇拉·坎迪达都是从她外祖母罗丝·布斯塔曼特应该是枯燥的叙述中亲耳听说的,这可是第一手消息。薇拉·坎迪达丝毫未怀疑过卓越的罗丝·布斯塔曼特向她描述的一切。

3　瓦塔布纳的商业与交换规则

赫罗尼莫派人到罗丝这里来讨问过几次,他自己住在村长的家里,喝着加了几滴朗姆酒的咖啡,或是坐在办公室里,吸着那种烟雾能致小鸟于死地的剧毒小雪茄。他穿着浅色套装等待消息,赫罗尼莫就是这样看待生活的,他也是以这种姿态想象生活的,穿着全身的亚麻衣服跟周围的贵族来往,认为人们最终会成为他的崇拜者。

只有罗丝·布斯塔曼特拒绝搬迁并顽固到底。

"我有别的事要做。"她一边补渔网一边回答说。

人们把她的话转给赫罗尼莫。他无动于衷地听着,然后说:"我有无限的耐心。"

每天都有新的传信人来找罗丝·布斯塔曼特请她去赴约,这些信使对罗丝的不动声色惊讶不已,他们先是请求,继而把罗丝的这种态度当作极大的侮辱,他们根本就忘了这不是男人追求女人的事,而是一个反复无常的人要把这穷苦人的房子铲平。他们交头接耳说:"这女人太骄横,恶婆子,太不知趣了。"带着极度抱歉的神情去告诉赫罗尼莫他们无功而返。赫罗尼莫仍然笑着说:"我有无限的耐心。"

但是有一天,该发生的还是发生了:有个瓦塔布纳的小男孩等着罗丝打鱼回家。他坐在沙滩上，看着她戴着绿色草帽从地平线那边返航——这种草还未成熟时就编织起来戴在脑袋上让它慢慢变成熟，如此草帽的颜色不停地变换直到变成褐色。每日看它的颜色起变化是件有趣的事，可以当作一件变颜色的头饰：从绿色到金黄色再到褐色。如果不希望颜色继续变化，只需每天把帽子浸入柠檬水中。瓦塔布纳的孩子常戴这种帽子，每顶都散发出淡淡的柠檬味，这就形成当地特有的颜色。

小男孩等着罗丝的时候把脚埋在沙里，全埋进去再动一动脚趾，像是扭动的胖宝宝从沙里冒出来。他完全可以一直这么玩着沙里冒出脚趾宝宝的游戏。罗丝在很远的地方就看见他了，因为沙滩上只有他一个人。她感觉心中稍稍紧了一下，心想："有好瞧的了。"她也猜出那无赖赫罗尼莫加快了进程。果然，当她把小船拖到岸上——罗丝的臂膀绝对有劲，有非常结实的肌肉——再把鱼篓拿回小木屋时，小男孩就跟上了她。

"罗丝太太，我想告诉您，"小男孩站在门口，并没有进原妓女的房子里，只是站在所谓的晒台上大声说，"罗丝太太，我想告诉您，赫罗尼莫先生今天晚上的晚餐需要向您订购十公斤飞鱼。"他有些说乱了，有点不知怎么修正自己说的话，越说越糊涂，"就是现在的晚餐，"他又做了个鬼脸，"您能给送过去吗？"

"送过去？在哪儿？"罗丝·布斯塔曼特问道，带着满胳膊的肌肉居高临下，还把两手插在腰上，整个身子挤满了门框，站在他面前打量着他。她并不是特别喜欢孩子，对她来说他们不过是些嘈杂好笑的小人儿，智力和行为都不会超过四个月的小狗。

小男孩往后退了一步，结果脚下没站稳摔倒了。砰！

"送到村长家。"他尖声说道。

罗丝也不帮他站起来，掉转头回屋里了，随后啤酒瓶盖门帘落下。小男孩只能想，他反正是完成了任务，但他也没有回话可带。他站起身等了一会儿，单脚跳了一下转身离去。回到赫罗尼莫那里向他报告说她同意了，他想这样就可以拿到当时许下的三个小钱，就算罗丝最终没来，也不能是他的错。到时他可以说："她改变主意了。"反正荡妇是变化无常的。

赫罗尼莫给了他许诺的三个钱，并感觉自己胜利在望。

因为罗丝·布斯塔曼特是无法拒绝这类要求的。

他曾查阅过瓦塔布纳的商业与交换规则，商人无权拒绝卖东西，否则他的经商许可及在村中市场的摊位就将取消，甚至也无权继续经营他的商业活动。这个规则是当初许多个部落共同占据这个村子时定下的，因为其中一个部落的老人因为由另一部落操控的市场没人愿意卖给他食物而差点饿死，而他又过于气傲和不羁没去向他自己部落里的人求助。直到他奄奄一息时，村长才采取了行动。

罗丝知道这次逃不过去了，她必须把这十公斤飞鱼送到指定地点，否则就得重操旧业。罗丝她就是这么看待这件事的，别看她外表坚强，但内心深处有某些消沉的情绪在左右她。就她谋生的手段只限于捕飞鱼或招引嫖客这类营生便能想象得出她处于什么样的无奈境地。

她准备好鱼篓，甚至想到是否要加点颠茄好彻底除掉赫罗尼莫，但她不敢采取危害外来游客性命这种轻率的举动来解除赫罗尼莫的无理要求。因此她缓慢地装好篓子,放在推车上,喝一小杯烧酒,又喝一杯,再嚼一片薄荷叶推着小车向村长家走去。罗丝从来不拉车,因为她觉得那样干自己就完全是头牲畜了。

到了村长家门口,她按铃宣告自己的到来,当那个充当村长管家——当然还代表其他各种职能——的小铃铛响起预告罗丝·布斯塔曼特的到来时,赫罗尼莫笑了,鼓起满足的胸膛洋洋得意起来。

4 无赖的暗示

罗丝·布斯塔曼特站在院子门口,尽量做出高贵与不满的姿态让人赶快付款,看门人说她必须亲自到赫罗尼莫老爷门下,他在那里等着她交给她应得的钱。她看见赫罗尼莫坐在他的藤条扶手椅里前后摇晃正抽着烟,她进来的时候连眼皮也没抬一下。

她忍不住私下里咬牙骂道:"阴险狡诈。"

不过她觉得他还算有魅力,缘于他那个莫斯科式流氓头,有点长的金色头发以及他拿雪茄烟的那点庸俗劲。

"阴险狡诈。"

她不再憎恨他,理论上,罗丝·布斯塔曼特由于上一个职业的缘故,总可以觉得一个男人有魅力并把他归于这一类——就是外表潇洒而肚里空空油嘴滑舌,但并不迷倒在他脚下。况且,这类男人外表越是显得潇洒罗丝就越要提高警惕。

她常常对那些很欣赏她并想再次光顾她家又不愿花钱的男人说:"我不是那种轻易被男人的花言巧语迷住的女人。"有的人甚至还在床上许诺马上娶她给她金银珠宝。

赫罗尼莫转向她示意她走近:"过来过来。"他把手伸进口袋,掏出光滑的绿色鳄鱼皮钱包。罗丝叹了口气,径直向他走过去,脊背挺得笔直,令她感觉到自己的一个个脊椎骨都拉开了。赫罗尼莫把钱递过去,却在她伸手捏住钱的时候没松手:"美人儿,知道吗?知道你住的那个小屋二十年前曾经毒死过外国人吗?而且他们都受过酷刑,连海浪的声音里都有他们冤屈的叫喊声。"

"滚你的蛋!"罗丝·布斯塔曼特骂道,但这句话只在她头脑里回荡,因为她并不想招引更多的麻烦。

"先生知道我住在什么地方?"罗丝作出天真的样子问,手里的那沓钞票一直没松手。看起来十分好笑,两个人每人抓住钞票的一头,谁也不想放手。

"我了解很多事情,美人。"赫罗尼莫说,他揣摩着一旦钞票到手,她就会一溜烟跑得没影,所以他想继续这样恶作剧下去。罗丝真想在地上吐口唾沫好远离这无赖给她留下的坏印象,可就在他正竭力演出这出戏时她冷不丁地一抽。赫罗尼莫本以为自己多高明结果没料到这一招,钱从他手上脱了出去。罗丝说了声:"感谢您的慷慨。"之后正如他刚才预料的一样,她快速向大门走去一溜烟跑没影了。

问题是晚上睡觉的时候出现的,她感觉周围有那些被监禁的外国人在大声呻吟叹气像是阻止她入睡。

她心想:"番石榴里出了虫。这无赖找到了对付我的办法。"

她只好带上被子和席子出门,皓月当空,她在自己的渔船里安置下来睡觉。等她醒来,黎明已初现,她抬起头看看自己的小木屋,看见一摊深色的液体从台阶上流出来,她想:"看来是血。"之后液体消失了,其实只是个影子。罗丝·布斯塔曼特诅咒赫罗尼莫去下地狱。

罗丝·布斯塔曼特这样的女人怎么会平静地接受上千个血案发生在她自己的家里，施刑者能够待在她的台阶上设计如何施加给关在房子里犯人的痛苦和遭遇？瓦塔布纳的历史上确实是有过外国犯人，他们被关押在村里，卫兵们把这些人关在岛上的这个角落里以便吓唬瓦塔布纳的居民，好让他们永远不要打听这些用卡车运来而且总不走的人到底是谁。

到底是什么原因使得这些叛逆者被弄到罗丝·布斯塔曼特在此住下之前的小木屋里？她整夜整夜地思考这个问题。"我为什么没有早点知道这件事？"她想呀想，"那时候我还住在山坡上，我还是小姑娘。后来买小木屋的时候根本不值什么钱。"她继续想，"其实我早就知道这件事了，我不就是把这可怕的事件深埋心底不让自己害怕吗？"她真想去问问她的邻居，但从他们贪婪的目光里她觉出还是不问的好，她可不想承受众所周知的耻辱。

罗丝最终还是恨透了这个赫罗尼莫留给她的暗示，从此以后她无法不再想这件事，特别是瓦塔布纳高坡上开始响起施工的电锯和锤子声。这无赖的存在令她从早到晚不得安宁。赫罗尼莫用他所谓在赌牌桌上赚得的钱开始建造他的山庄，还声称他不得不挣得一笔天文数字来完成这项巨大的工程。罗丝·布斯塔曼特有那么一段时间以为他会打消拆掉遮挡他看海的小木屋的主意，但是让赫罗尼莫放弃他的心血来潮可不是件容易的事。

5 泰姬陵

鱼不那么好捕了。

之后简直就没得好捕了。

祸不单行——众所周知坏事永远成双，先是一波一波地来，再是一轮一轮来，瓦塔布纳人先这么说，后来才传到世人嘴里。罗丝再也不能在小屋里睡觉了，她可以听收音机一直听到很晚，看《世界电影》杂志、玩填字游戏、找异同游戏、喝帮助睡眠的晚茶，再试些从山洞小路上采来的特效草药、喝芒果甜酒或绿樱桃甜酒直到头疼欲裂下巴垂到脖子上，没一样管用。罗丝·布斯塔曼特只好采取天当房船当床的办法，但她在船上再也找不到躺在星空下的安宁，她会想着雨季来临后她该怎么办，怀着对无赖赫罗尼莫及其暗示的深仇大恨，半夜里紧张地听着沙子底下螃蟹发出的声音——在罗丝眼里，螃蟹不过是些长硬壳的大蜘蛛，天知道罗丝多么害怕蜘蛛——睡一小会儿就醒，这至少能让她在第二天手持渔网时打起精神，站在烈日下头顶大草帽等着飞鱼没有准头地落网。

与此同时，山庄渐渐地在瓦塔布纳森林里的山坡上建起。

罗丝·布斯塔曼特不再喜欢她原先干的事，比如到小货车上去买《世界电影》和《读者文摘》月刊，然后坐下来在小灯下咬着炸面裹,也不管这些油叽叽的东西直接流入她的腰部使之增肥,旁边是燃烧的薰草和驱蚊用的柠檬罐。这些事渐渐让她失去了兴趣。

她感到这种消沉可以让她哭出声来。

最后她想:"我要去跟他谈个价。"

当然这一切都是他引起的,甚至海水里的鱼越来越少的罪过也可归在他的身上,但此时对罗丝·布斯塔曼特来说最重要的一件事就是找回她原先安宁的生活氛围而不是找他算账。所以她择了个下午上山去见他。时间已经有点晚,太阳不那么灼人了,这样上山就不会感到吃力。

她走近山庄时满脸不屑地想,狂妄自大。在路上她遇见瓦塔布纳人来看工程的进展和建筑的华丽,他们跟她打招呼。她还看见有人在通向赫罗尼莫山庄长长的台阶最下面跟干活的工人开玩笑,他们专门带来用胡椒炒过的小虾给他们吃好让他们停下手中的活儿,目的是获取一些山庄的信息和赫罗尼莫本人的情况,然后去瓦塔布纳的市场上夸口和散播。

整座建筑是白色的,像泰姬陵[①]——罗丝知道泰姬是因为她收集世界之最图片。这山庄像是一半在建一半在拆,简直就像是用积木搭起来的。她走走停停,每次爬过一段台阶休息时,她就数数还有多少级宽大的台阶要爬,一共一百三十二级。她向那些年轻的工人询问,他们大多数都不是瓦塔布纳人,这样更好,她以前的职业会令人怀疑她的为人。她问:

[①] 泰姬陵是印度知名度最高的古迹之一,位于印度北方,是莫卧儿王朝第五代皇帝沙贾汗为了纪念他已故皇后阿姬曼·芭奴而建立的陵墓。——译注

"你们知道我能在哪儿找到赫罗尼莫先生吗？我跟他有件非常重要的事要办。"那些人指了指晒台，就是在她的小木屋方向能看见太阳升起的地方。于是她继续走，爬了一百三十二级台阶，在上面留下庄严的脚步。她也清楚地知道工人们和来观战的村人都正盯着她的屁股看，尽管眼睛里面全是惊喜，但表现出来的却是厌恶甚至有些轻微的不屑。

她穿过一个大厅，按自己心中的指南针往太阳升起的晒台上走去，大厅里堆放着石膏和水晶玻璃吊灯，还有水晶流苏都散放在地砖上——真是水晶吗？这无赖赫罗尼莫以为自己在哪儿，难道他真以为自己来自奥地利皇室？通往晒台的过道还没铺完，只能脚踩着压弯的木板走。罗丝·布斯塔曼特最不喜欢这种地方，她感觉自己好像是个去寻找宝藏的探险家，不得不避免路上遇到的一切陷阱。

赫罗尼莫正是在晒台上，正抽着小雪茄望着远处的大海。他穿着一身白色的套装，外面套一件不知是浴衣还是大衣，整个人闪闪发光。"这家伙在工地上穿睡衣，"罗丝想着摇了摇头，"真有点神经病。"这时他转过身："咦，这不是卖鱼的小商贩吗？"他说。罗丝·布斯塔曼特咬紧了牙关。

"我来是跟您提个交换条件。"她开门见山并极力保持高度的自尊。其实这会儿她有些后悔没为此次来访穿得更加正式，没有披上那令她感到高雅与漂亮的金黄色绣花披巾；她还将会后悔她所提出的条件只不过是一种要求而已。

"那就坐下来谈生意吧。"他做手势让她坐在一张镶满瓷片的木椅里，他自己则坐在晒台上的栏杆上。罗丝心想她真不应该答应坐下来，但她只有服从的份儿。她坐在木椅里，当然就比他矮得多，这对她要进行的谈判很不利。这会儿她恨死了他，突然站了起来向栏杆走去。她向他指着海湾和视线中她的小木屋说："我来是想跟您提议，把我现在住的挡了您视线的房子交换给您，您再给我在瓦塔布纳那边——"她手指向南边，"另盖一间房子，只要离海滩近就可以。看样子您有足够的材料来给我——"她手指石膏袋，"尽快新盖一间房，用不了您几根房梁和几袋水泥。这样您随便把我的小屋做什么都行。"她又加了一句不应该说的话，"我再也不想住在里边了。"

赫罗尼莫转向她，在她说话的时候他一直顺着她手指的方向看。他的眼睛颜色很浅，但脸却很松弛且布满皱纹，像是曾过度曝晒或酗过酒；他的鼻子也像是很久以前摔断过，给人一个小无赖的印象；他眉毛的颜色浅得几乎看不见。在他穿的睡衣和白衬衫里面隐约看见一小片光光的皮肤，罗丝忍不住注意到这个细节，因为在这个纬度地区极少有男人不像大猩猩一样全身长满毛发。

他死盯着她的眼睛，像斗牛士一样挺起胸膛，好斗的样子一览无余，让罗丝觉得好笑。她发现他的个子不高，这在瓦塔布纳也不罕见，可他的金黄色发肤又赋予他柔弱的印象，尽管他试图在掩饰。小赫罗尼莫，我发现了你的弱点，她心想。"我还没想好是否要推倒您的房子。"他说，"它并没有我想象的那样遮挡视线。"

他打量着她接着说："如果您有时间的话，我想邀请您看一样东西，我需要一个深思熟虑的人给我出主意，我身边刚好就缺少这样的人。而从我第一次见到您就感觉出您是最好的人选。您是一位理智聪慧的女人。"

罗丝一边听一边思考："我得走了，但是事情还没完。"她感觉被一种令人惊恐的昏沉所攫住，又坐了下来，看起来有点像是她往后倒了下去。她试图振作起来，但实在没办法站立，于是她有些担心了。他向她伸出手想把她拉起来，他说："我的晚饭已经准备好了，我单独吃饭是很随便的，也比较早。您愿意跟我一起用晚餐吗？之后我再向您展示我心爱的宝贝。"

罗丝叹了口气无法拒绝，她心想，这倒用不了多长时间。她还想，事情还没有了结，我需要时间说服他。又耸了下肩想，他可比我狡猾多了。她有一阵子冒出个预感，自己会在很长时间内再也走不出这个地方了。她试图赶走这个想法，但是像往常一样，罗丝·布斯塔曼特的感觉总是对的。

6　人猿泰山之子

　　赫罗尼莫已经不像罗丝想象的那样仍旧住在村长家,他住进了庄园里不再搬走了。他还找来了一个住家保姆,是从瓦塔布纳以外来的老女人,她的三重好处是,听话、哑巴和几乎隐身。

　　老佣人给他们在晒台上端来了冷餐。赫罗尼莫不怎么说话。"我喜欢爱说话的女人。"他对她说,"这是不可或缺的条件。"罗丝不明白他为什么提这个,反正她觉得自己在这个晒台上的出现——甚至她的反应——是非常荒诞不经的,所以整个晚餐过程中她一句话也说不出来。

　　当他又感到有些无聊时就说,已经很晚了,说他要给她看的东西需要她专心,而这个时间已经不太可能了,说他自己也快抵挡不住睡意,并保证明天一定向她展示他的宝贝。罗丝在听他说话的过程中拒绝领会他要说出的意思——随后他向她提出可以在此借住一宿。他把手心放在胸口发誓自己没有坏心,他的头谦卑地低下去,像是他为自己不适当而荒唐的建议所造成的令人生疑的圈套行为而致歉。他还说这会儿她也真的累坏了,这个时候路也不好走,那辆凯迪拉克看不见路就不能在这么狭窄和多石的小路上开,它的车身不能承受这样的颠簸,也不能让她在这种黑暗的条件下回去——她心想,他也没建议说陪她走下去,可能是怕黑——而且也没什么急事,如果她接受了这个诚实的建议他就马上可以去给她安排客房等等。

罗丝望着远处瓦塔布纳的灯光,思考着走过黑暗的森林回到自己不再是她感到向往不已安全港湾的小屋,她感到自己的四肢已经疲惫不堪,肯定是因为刚才在桌上喝了那杯汽水。所以她请他带她去看那间客房。"我要看看我能不能在那间房子里睡着。"她以不易入睡为借口说道。他就带她去,她看见房门上有锁孔和钥匙就答应了。

老佣人给她拿来干净的床单,但并没给她铺床,只把东西全放在床垫上就缓慢地踩着地砖走出了房间。罗丝打量着像囚室般简朴的房间却在地上铺了一层对于这个热带地区来说过于厚重的拉幅式地毯。她透过窗户看到月亮在海上闪烁着光,她就这样长时间体会着月亮的行踪——看,它快移到森林里了——和这个如此静谧的景色给自己带来的舒适感。之后她就在白色的床单中一觉睡到天亮。

第二天一早她就想走,她快速地穿好衣服甚至决定不再见赫罗尼莫。她心里说:"我会回来的,我会回来的,我下次再来跟他谈正事。"其实她知道自己绝不会再来,但又感觉必须立刻离开的必要因为害怕被困在此地。她手上拎着鞋轻轻地打开房门,看见太阳照进山庄感觉自己出现在这里绝对荒诞不经,奇怪自己怎么居然接受了赫罗尼莫的邀请,心想,是因为我没有在会话中掌握主动权,让他钻了空子。她在过道里来回转希望尽快找到出口,先往右再往左再往右。"昨天我没从这儿走过。"再往左,"我什么也不记得了。肯定是昨天喝的那杯汽水,这儿出不去。"她怕面对面遇到山庄的主人于是不敢擅自开门,所以一直在转圈,她终于停下来静心想了想,再拾起勇气后极偶然地找到了山庄的大厅,她不由自主松了口气,急于跨出大门好恢复自由。可当她正要走近入口也就是出口时,就看见赫罗尼莫突然出现在她的面前挡住她要出的大门,他心情愉快并且温柔地说:"我正在等您,我让佣人去买新鲜面炸了。来来,到晒台上来。您一吃完早餐就可以走了。"

罗丝先是打了个寒战,之后心想,我吃完早餐就走。意识到当时要不是他挡在门和自己之间,她早就远逃在他声音之外了,哪怕这个逃跑让她的计划付之东流。她转过身跟上他说:"我没时间,家里还有事。"可他让人在晒台上准备了一顿丰盛的早餐。她本来决意不坐下来的,现在坐了下来。他问她夜里睡得好不好,因为他睡得很不踏实,之后他说起这么多年的迁徙之后他希望安定下来,她想,我希望他现在就心脏病发作。结果把自己吓了一跳,因为罗丝·布斯塔曼特并不是那种相信魔法的女人,她总是更加喜欢有理有据的事。

"您走之前我一定要给您看我的宝贝。"等到面炸快要吃完时他这么说,看见她作出拒绝的样子就坚持说:"只需要您一点点时间。"

"我还有事。"

"还早呢……"他打趣说。

"我每天很早就起床。"

"今天是星期天,星期天市场不开张。"

"我的渔网要修补。"

"您有时间修补。"

他站起身示意她:"请跟我来。"他说,"这是最让我高兴的事。"罗丝只好跟着他,心想到底是什么高兴的事能让赫罗尼莫感到这么重要。她觉得他比昨天晚上还矮小,他的脸由于没睡好觉而皱皱巴巴。这时她听见山庄里某处响起一阵铃声,心想,连电话都接到这里了。赫罗尼莫的能量在她看来大得不可名状。

他们走下了两个没有扶手的楼梯段,赫罗尼莫非常小心。他打开锁住的门让她先进去——罗丝·布斯塔曼特一想到要在他之前进到这间山庄的未知深处就感到一种巨大的恐惧袭来,但赫罗尼莫的身材消除了她的忧虑,他在足以胜任奥林匹克比赛的罗丝面前是永远没有足够的力量的。

他们进来的这个地方是个封闭的空间,像个电影院或是类似的场所——墙上贴着地毯,没有窗户,只有红色天鹅绒坐椅以及大屏幕。他说:"请坐,请坐。我想听听您的意见。"她本来不想坐结果还是坐了下来。他爬到玻璃放映室内关了灯,屏幕上出现了《人猿泰山》的字样。罗丝·布斯塔曼特转身往放映室看到底出了什么事,赫罗尼莫向她指了指屏幕请她看电影。罗丝感觉到中了计,但心想,看看到底他搞什么名堂。她把手提包放在膝盖上以备随时开溜。他则从放映室中走出来,在她身后一排的折叠椅上坐了下来。她想,嗯,看完电影我就走。电影开始了,她看见小男孩跟约翰尼·维斯穆勒一起游泳,她看见跟鳄鱼打仗,一切都进行得又快又神经质。她转过身看赫罗尼莫,发现他的眼睛里有泪光在闪。她心想,他哭了?于是放下心又去看电影。她对那孤儿和其养父母的三角关系感到奇怪,一个是荡妇一个头脑简单,反正罗丝一点也不明白故事情节。她偷偷看了一眼赫罗尼莫,看见他满脸是泪。这家伙真哭了?她感觉有些不好意思和不自在,他哭得这么隐秘,一点声音都没有,最终她有点动心了。可几乎同时她又在想为什么在这种不适宜的场合下会感动。

当屏幕上出现"剧终"时,她猛地站起来说:"我得走了。"他冲她笑了笑,打开灯。她永远也没明白当时到底是怎么回事,是不是前一晚的晕眩与疲劳和这个早上的紧张与怪异都加在了一起,总之还没等她迈出第一步就轰然倒在地毯上人事不省。

7 奇 数

　　通往山庄的台阶有一百三十二级，因此没有一个正中央的台阶可坐下来。这是罗丝·布斯塔曼特自在电影放映厅里昏倒后高烧三天一直萦绕在脑海里的想法：六十六加六十六，怎么不想着建一个正中央可落脚的台阶。

8 鬣 蜥

不仅是山庄的主人在照顾罗丝，而且哑巴佣人在赫罗尼莫出去休息的时候也守护在她身旁，她坐在床边，双手像燕子一样翻飞着织花边。罗丝偶尔从惊恐中醒来时，只看得见两只灵巧的手在花边上忙碌。

罗丝·布斯塔曼特一直是个十分结实的女人，身体从来没出过问题，也从来没遇到过这类眩晕，更没想象过自己有一天会在别人的床上大汗淋漓地说胡话，这类虚弱的表现会发生在自己的身上令她不可思议。因此，只要她醒过来就不断地向房子的主人表示歉意，恳求他原谅这些天的叨扰。她感觉自己非常可笑而厌烦。三天之后，她终于彻底醒了过来。

"我在哪儿？"她问。

她看见自己身上被套上了一件传统的睡袍，红底子加白色绣花衣领。而在白色绣花衣领下边是一座火山和各色鸟儿以及坐在半月形船上的人们，这些人是不是在逃避火山？

"我在哪儿？"罗丝又一次虚弱地问了一句。

哑巴佣人去找主人。

"我在哪儿？"女人还在问。

"她好多了。"赫罗尼莫一看见她就说道。

他示意老佣人离开,随后坐在罗丝的床头拉起她的右手。她的手软弱无力,似乎与身体脱离了关系,像是她的手臂被长时间枕在头下而血液不再流通所以像死去一样。

"自从您住在这儿以后我就没有自己的生活了,我只为您而活。"这个小个子金发绿鼷蜥眼睛男人这样对她说,他又说:"您是一个奇迹、一件宝贝、一颗宝石、一个稀世珍宝。"

罗丝·布斯塔曼特想转过头去看他,但脖子一动就引起一阵头晕目眩。她闭上眼睛叹了口长气,她希望这声叹息能够把她紧缩的胸部扩张开。赫罗尼莫显得有些无精打采:

"我在这个巨大的山庄里感到非常孤单。跟我在这儿住下来吧,我会把您视如女王。"他说完弯下身把嘴唇贴向她的手。

他们身体的接触并不愉快,罗丝作出了厌恶的表情。好在赫罗尼莫因为身子弯下并没有看到。她再一次昏了过去,之前只听到这句话:

"您的朋友就是我的朋友。"

这句话在罗丝的脑子里回响,神秘中夹带着威胁的意味。

接下来的日子跟前几天的情形差不多,赫罗尼莫没叫医生来看望罗丝,他只定购了些花束放在花瓶里置放在她床边的地上,他还放了些绿色植物来改换和纯净房间的空气。他让哑巴佣人在罗丝身上做些奇奇怪怪的动作,他似乎认定这类事一定是以魔法才能解救的,他相信这类事有魔法。

9　我想走就走

罗丝·布斯塔曼特没再回到瓦塔布纳,她只是继续做她一直以来就会做的事,用性交来换取舒适的生活。

她说服自己并没有被人强迫失去自由而是完全自愿的,而且在庄园里可以尽情享受悠闲自在的生活。赫罗尼莫送给她无数漂亮的衣服,还从诺阿图城里请来理发师教他的美人如何把自己的头发弄得高贵、把妆化得更精细。

如此,罗丝原先的假想敌成了她的情人,可这个情人时不时露出的软弱有时竟令她感动。

她心想,我当时对他的评价不够准确。

她似乎觉得他之所以爱她是因为她与四十岁的年龄十分吻合。"你是我的宝贝,美人。"他爱她是因为她高耸结实的胸脯和蚂蚁般的腰身,而且她很会做这类事。那些年轻的表妹们总是做了很多努力也没有办法让他硬起来。

有时她想到自己在海边的小木屋就会怕得发抖,她不知道是因为自己如此深的孤独使之还是赫罗尼莫对那小木屋往日营生的讥讽,抑或是自从她留下来以后还未曾有人从瓦塔布纳上山来了解一下她——罗丝·布斯塔曼特的命运。

晚间她坐在晒台上,像是为了说服自己,心想,那食人魔也没想象得那么坏。他也算是仪表堂堂,敏感而慷慨,并没把我吞没。我还能要求什么呢?她总是跟他几乎同时起床去找他说话,跟他一起看那些他执意要她看的震撼老电影——也许这正是这个山庄里最令人恐怖的事,即为了讨好主人要不停地与无聊与困意作斗争。她自觉自愿地做好每一件事,而越来越少、越来越不常说起以前常说的这句话:"我想走就走。"

10 疑 心

罗丝·布斯塔曼特一直在猜想她的情人在来到瓦塔布纳扎下豪华营帐之前曾经过过什么样的生活。

这种问题常常萦绕在她的脑海里。

她的好奇心令她常常心发痒。她听到赫罗尼莫在电话里用某种方言强硬而威严地讲话——因为听不懂她只能这么理解。她曾经在楼道里遇见过两个若隐若现的人物，两个戴面纱走路的女孩儿，她们格格笑，大清早的穿得就很单薄。后来她终于明白每天送什么花儿以及家具的摆放位置他永远也不会问她的意见，而如果哪天她偶尔发表自己的意见，他会瞟她一眼或根本不理睬她。"好像我跟他不属于同一个波段，我说的话他根本就听不到。"有些日子他显得比平日更爱她而不爱别人，可他对她并不好。他总是阴郁着脸心事重重。尽管如此他们并不吵架，他们也不常做爱，赫罗尼莫似乎在这方面能力有限。罗丝大多数时间就待在晒台上，坐在电风扇旁边，把涂了指甲油的脚趾在风中晾干。

他送给她很多裙子——是那种带闪光片的长裙，像镜子一样发光的奇怪面料，他称之为闪耀裙，还有缝缀着千万个小镜子的裙子。当她穿这些裙子时觉得比不穿衣服还要令她难堪。他强迫她接受穿着裙子做爱再撕坏，并答应她买更好看的。他还给她买首饰并在她打开首饰盒时死死盯着她看，他想知道这些宝石是不是真令她喜欢。如果她作出假装喜欢的样子他会觉得厌恶，所以他紧盯着她的脸看。也就是在这一刻，如果让他有那么一点点怀疑，如果他认为她有欺骗或蒙骗的行为，他就会变得极为暴躁。

有的日子里他会把自己关在四周贴了毡子的电影厅里一整天也不出来，他还在梦中用她听不懂的语言说梦话，他怒吼、他呻吟。由于她读过许多本跌宕起伏的爱情故事，知道情人在梦中的话能够揭示他们可怕的秘密并可从中了解他们动荡的过去。她对世界及其奥秘的了解并不能改变她在黑夜中辗转反侧并借此机会听到赫罗尼莫在噩梦中呢喃的指令和癔语。她无法轻轻推动叫醒他结束噩梦，因为她曾经有过这类经验，他激怒地从床上一跃而起，从床头那边用惊恐的眼睛盯着她，像是炼狱中的罪犯挣扎在清醒与噩梦之间，他总是需要几分钟才能清醒过来。"我以为，"等他完全清醒过来说，"我被抓起来了。"因此罗丝不太愿意再看到他从梦中惊醒后的暴躁情绪，但她实在沉陷在她情人造成的梦魇中，于是她发明了一种新办法把他从噩梦中拉出来。她跟躺在床上另一边的他说话而不惊醒他，只以尽量轻但又十分坚定的语调说："嘘，嘘。好了，醒醒吧，没事了。"好让他慢慢静下来，然后彻底醒过来继而再次入睡。她自己则挨着他身边躺下来，在黑夜中睁大眼睛紧盯着主人卧房的房顶，紧紧缩在他送的睡袍里，全身僵直得像个魔法师，同一个问题神经质地萦绕在她脑海里：她的情人到底说的是什么语言。

工人们已经不怎么来了，这种情况是渐渐出现的。有天早上罗丝没有被施工的声音吵醒，没有一点风声，没有一点响声，连鸟儿们都不唱了。她先是为再也听不到山庄上下的锤子声与男人的说话声而松了口气，随后便产生了巨大的担忧。

　　山庄永远没能完工。

　　罗丝没问赫罗尼莫他那大笔积蓄是否化为了乌有，是否都丢在了股票市场上，因为他在电话里总是发出那些神秘的指令，她不知道他是否用他在扑克赌场上赚取的钱财花了大家的眼。无论如何，在瓦塔布纳这地方，没人玩扑克赌博，只有村长的财富没准是赫罗尼莫给的，而这笔钱不知是否能足够完成庞大山庄的建造。然而，像罗丝·布斯塔曼特这样从未发怵讲话的人也没能向赫罗尼莫提出这一难缠的问题。

　　很久以后她向外孙女讲起这段往事时，说有时人们会处于无法控制也不想控制的情形中。"我们不是总能做成——"她摇动她智慧的手指说，"对自己有利的事。"

　　赫罗尼莫把他的凯迪拉克换成了一辆小车以便更适合于这个地区植物大量繁殖与快速生长的情况。这也方便他能够更经常地到诺阿图去寻找年轻姑娘，他跟罗丝说她们只是他的表妹。罗丝观察他带回来的女孩子们，一个个排除她们与赫罗尼莫的相似之处。她根本不在乎，因为她知道他的床上功夫又糟糕又迅速，像个初出道的毛头小伙，而她们每一个人只不过尽量做出满足状好赶快结束这档子事。

11　罗丝·布斯塔曼特的决定

当罗丝意识到自己不再来例假而她的双乳变得又沉又疼时,她震惊得无以复加。她怎么可能怀了这个孽种的孩子?她这辈子到了四十多岁也做了不少爱却从来没出过这样的事。她知道这种事有时难说,但现实对她来说如此不可思议,她只好不停地重复着:"我怀孕了,我怀孕了。"好让自己承认这个事实。

她想把这个消息告诉赫罗尼莫,独自承担这个消息太过沉重了,她简直承受不住了。所以有一天晚上她跟着他来到晒台上,大概是下午五点左右。白日将尽,赫罗尼莫在躺椅上摇摆着喝一种红色的饮料。一个绣了金边的坐垫放在地上,她就坐上去把头靠在赫罗尼莫的大腿上,他抚摸她的头发。她喜欢他的这个动作,于是提了第一个问题:

"你喜欢孩子吗?"

他并没有对这个意料之外的问题感到惊讶,只是长时间地沉默思考,她还以为他没有听到或者以为她没说话。但最终他还是开口了,他并没有直接回答她的问题而只是给她讲了一个故事。

他讲的是鲍里斯·齐默尔曼的故事,这个小男孩被人抓起来以后变成了士兵手下的一个玩偶。这个故事发生在另一个国家另一个时代。鲍里斯的家庭曾受到很多人的指责,后被告发、逮捕继而关进集中营。在这一系列事件中,这个小男孩藏在了厨房窗户下面的柜子里,那时他三岁,最后是一个自卫队士兵找到了他。不知是什么原因让这个士兵逃避了军队的规章把他带到了他所在的司令部。这孩子金发碧眼,皮肤白得像个瓷娃娃。士兵对他说:"从现在开始你就叫格里申卡·科莫索夫。"他给他专门制作了一套军服,外加一顶军帽和一双皮靴,他随身带着他。这样格里申卡·科莫索夫就成了那支军队中的玩偶。他的个子小,兢兢业业地执行人们让他做的一切动作,他知道只要自己乖乖地听话,他们就不会把他怎么样,而且也不会亏待关押在附近的父亲、母亲和两个姐姐。他受到的待遇不算坏,只是让他做些大逆不道的事,可能让他的母亲和姐姐们蒙羞,比如喝伏特加酒,在其他士兵拍手叫好中穿着油光锃亮的皮靴在桌上跳舞。小男孩出生的地区恢复了秩序后,鲍里斯已经七岁了,这时他才知道他的母亲和姐姐们在她们到达集中营后不久就死去了。有一天他看到一个电影胶片,想象在电影中看到了她们,那是一个业余摄影师拍的,拍摄角度很远,但能看到有许多妇女,虽看不清脸,但他断定自己的母亲和姐姐们就在其中。他盯着片子想,她们就在里面。妇女们都光着身子,集中在一片松树林中,她们弯着身子走,像是要遮掩私处或是抵御寒冷。她们苍白的身影在阴暗的树叶中间晃动,而这些影像与人类世界似乎没有任何关联,还有抱着婴儿的母亲和磕磕绊绊走在母亲身旁的小女孩。她们的周围是带着冲锋枪的士兵,穿着衣服、带着武器看管这些裸体苍白的女人。有点力气的女人在林中冻土中挖了一个大坑,然后其他带着小孩子的妇女走近坑边一个接一个跌了进去,女人们被军官用枪口逼着一个个消失在大坑里。

"他们只用一颗子弹打死母亲和孩子,可能是为了节约。"赫罗尼莫补充说。

在这座森林里,只有开枪时发出的光划破黑暗。尽管电影是无声的,但这静谧却令人胆战心惊。

过了一会儿,赫罗尼莫才又说:"哪怕这些男人蹂躏了那些妇女和年轻女孩的身体也不过如此。"

罗丝一动不动,连口气都不敢喘。

"那小男孩后来怎么样了?"

"被人收养了,人们给他找了个教母,后来他离开了那个地方。"

"再后来呢?"

"我不知道。"

"有人能知道他现在在什么地方吗?"

"不知道他是否能够从对敌人的深仇大恨中解脱出来。"他梦呓般地说。

"他当时还是孩子。"

"儿童会本能地自我产生无限生存的本领。"他说这话像是格言,像是考虑这个问题已经很久了。

"你的意思是说这小男孩当时知道自己在做什么?"

"我不知道。我只是想,与其沉入绝望的深渊,这孩子选择了穿起军装在一帮杀人犯中当小丑。"

罗丝还想争辩,但赫罗尼莫使劲抚摸着她的头发,她简直无法把脸从她情人的麻布长裤中挣脱出来。她抬不起头,他死死地固定住她。她心想,这粗布纤维会扯破我的脸。她想挣扎,但没成。他用劲挤压她的头,令她十分不舒服。她用力挣脱,他又坚持了一会儿突然松了手。他站起身说:

"我去城里。"

"去城里?"

"去诺阿图。"

"太晚了。"

他没再说话离开了晒台。

此时她感觉到胸腔里一阵巨大的空白,她真想转过身跟着他冲他大声叫嚷些什么,在楼梯上截住他让他作出解释,禁止他出门;她真想让自己变成一个歇斯底里的东西。为此他常常说:"你可真是个尤物。"她想抓住他不让他把她一个人留在这个庞大的、没完工的和半坍塌的山庄里一走了之。但她只叫了一声:"你去哪里?"他肯定会在第二天早上带两三个年轻姑娘回来,都穿着镶了花边的高跟鞋,这些花枝招展的女人跟这个地方的风格完全不相符。罗丝心想,我才不在乎。其实她很在乎,她只是尽量让自己不要太受伤,有么一刻,她想象自己被一个手持短木棒的尼安德特人[①]在山洞口被人揪住头发往里拉。她心想:"我现在成什么了?我到底成什么了?"于是她走进主人的房间里,因为没有箱子,她就把他送的衣服全都塞进塑料袋里,穿上一双他的鞋子,找一张随便什么能够证

---

① Neandertal:指距今20万至3万年前居住在欧洲及西亚的人种。——译注

明她在这里曾经发生过这一切的纸片。她打开办公桌抽屉,她知道钥匙藏在哪里,抓起一大叠债券。她不知道这有什么用,但她知道赫罗尼莫像看管耶稣的圣杯一样在乎这些东西。她心想,这对孩子有用。孩子会需要这些个债券。她仿佛听见他的汽车发动声,或者是她的想象,因为山庄周围的密林发出的声响淹没了一切。她系好鞋带一直走到大门口,遇见了像幽灵一样神情严肃的哑巴佣人,这会儿她没有任何表示。罗丝使劲推着大门却纹丝不动。老佣人从身后过来,罗丝转过身差点吓一跳,老佣人手里拿着钥匙,把钥匙插入锁孔打开了沉重的大门放罗丝出来。自由的罗丝呼吸着扑面而来的夜间空气,感觉自己这几个月以来一直生活在楼梯下的壁橱里,这柜子里有成百上千个污浊虫豸禁锢她的思想妨碍她的呼吸,而森林的气息竟也如此恶心而糜烂不堪,像是无数具尸体在此腐烂变成肥料。她冲下那一百三十二级台阶后黑夜就突然降临了,森林中成千上万个生命发出的不和谐声音既令她胆战心惊也使她放心安全。她走下小路时心想,岛上的路我都走过。手上提着各种丝绸衣服的塑料袋跑下山坡,她没听见森林中发出任何野性或危险的声音,这座森林里也没有什么野兽或危险。她穿过村子回到家。

12 热带忧郁

赫罗尼莫没来找过她,可能是她希望自己的出走能够感动他来寻找,因为他第一次那么出色地扮演了庄园主和主人的角色才把她挽留下来。但现在什么也没发生。

罗丝把裙子和那些债券小心收拾起来,那上面有赫罗尼莫和她的名字,她的完整名字——当时他用这些债券到底想买什么?是罗丝的小木屋、她提供的服务还是别的什么?这些东西就在这间小屋里,在床底下的小箱子里,这种威慑力夹杂着诡异与满足,让她有可能某一天使用它们,或者离开此地。就像是床头摆了一小瓶毒药才让她意识到自己的存在。她不知道这些债券除了会让她记起曾在赫罗尼莫的山庄里住过一段时间之外有没有别的用处,但她自己身上难道没有留下她在那里住过的痕迹吗?她不再害怕自己的小木屋,也不再害怕曾经在这里有可能发生过的事,她已经把赫罗尼莫加诸在她身上的魔法解除掉了。

她又重新开始捕鱼,她在山坡上豪宅山庄里过着封闭生活的日子里,鱼的数量增加了。邻居们重新在罗丝家周围活动起来,帮她清理小木屋,把它重新恢复成原来的样子。在此之前的几个星期,曾有过一次风暴把所有的东西都颠了个个儿,屋顶毁坏了，平台上的木条也掉了几根。她们先是让自己的男人来帮她做事，借此问些问题，比如在山庄里到底发生了什么事？真的有个直升飞机场吗？她们问这些话时口气十分恭敬与好奇。那上面真有两个奥林匹克比赛游泳池？还有高山滑雪场地？说是赫罗尼莫吸毒？他那家伙说是特别小？但由于她们没有获得想要了解的信息，就决定不再管她了。后来她们发现罗丝怀了孕，又开始吵吵起来。这给了她们一个借口向她提建议或帮助，每天早上来问好，给她带点吃的，还有她所需要的《读者文摘》。

　　罗丝沉入瓦塔布纳式的悲哀当中，其实她完全知道应该如何应付，她也知道如何使用和装备她的武器，明明知道绝不能让自己陷入泥潭或者抱有不切实际的想法，她必须面对现实。

　　她的肚子一天天大起来，眼看着皮肤也跟着绷紧，肚脐向前凸出，双腿灌了铅似的沉重，巨大的双乳上隐约可见淡蓝色的血管。除了身体的不适，她还生出些危险的想法。有时候她就任自己戴着草帽躺在船上摇晃着，中午的太阳反射在水面上发出耀眼的光芒，她就这么舒舒服服地幻想着沉入无底的黑洞。一切都变得透明、黑暗与冰冷。

　　之后孩子出生了。

　　有人听见罗丝在她的小木屋里大喊大叫，像是要把全村的死灵魂都叫醒，胖胖的罗伯塔在夜里两点跑了过来。胖罗伯塔是瓦塔布纳的接生婆，她本想罗丝肚子里只一个宝宝，听到她这个叫法简直可以说至少有三胞胎。事实上，在这庞大的肚皮里只有一个小小的黑发棕皮肤女孩，她不声不响，还得在屁股上狠抽几下才能让她想起张嘴呼吸一下。罗丝看见小木屋里自己流的血有一阵差点吓晕过去，她心想，我的肠子都掉出来了。她想跟罗伯塔打声招呼让她赶快把丢掉的东西全放回去："我死的时候希望内脏完好。"可她太虚弱了。她的肚子上已经放上了不断扭动粘糊糊热乎乎的小家伙，有血腥和肉的臭味。她想，上帝啊，我这是在干什么啊？她想起战争和战争中的死难者。她想说"别，别把她放在我身上"，可她嘴里吐出来的却是呻吟声："噢，我的宝宝。"胖罗伯塔很满意。她洗干净了木屋，再把罗丝的脸和身体清理干净，又在产妇身边待了五个小时，好观察她的身体是否会在夜间变成红肿和冒烟的血块。

13　酷暑下的葬礼

维奥莱特在长大。

赫罗尼莫只来看过她两次。第一次，他是晚上来的，他喝过酒，正要去诺阿图找新表妹。走出村子之前他的汽车拐了个弯，现在是一辆"穿越林子去找表妹的专车"，墨西哥军用汽车，根据观看角度的不同颜色可以是森林伪装军绿色或沙漠伪装淡黄色，跟当年带翅膀和装饰条纹的凯迪拉克完全没有一点相同之处。他在罗丝的门前停下来，要说明的是，这个房子自从他的费用不再足以用于心血来潮的规划，已经一点都不挡他看大海的视线了。他从车上跳下来，敲了敲门，不等回音就径自开门走了进去。长舌妇们在各自的窗口张望着，屏住了呼吸等着小木屋里传出响声或是赫罗尼莫被驱逐。因为在遇到这无赖之前，罗丝非常知道如何掌控男人的世界。但是这次什么也没有发生。

罗丝让赫罗尼莫看女儿，因为她不知道如何阻拦他。她心想，我走的时候像个小偷。她感觉自己有罪，这是很荒唐的。但赫罗尼莫就有这个本事让人感觉在他面前有罪，哪怕是他在做粗鲁的事情时也如此。她害怕他来是为了带走女儿，于是想起她床底下箱子里的那些债券。她看见他进来就屏住了呼吸，心想，这地方太悲惨了。然后她开始恨他，因为正是他让她感觉悲惨和罪过。他对着醒了的小家伙看了好一会儿，婴儿并没有注意他，只顾玩着自己的手和脚。他说："她是酷暑下的一个葬礼。"说完转过身来对着她，说他还会回来的。他不笑，蜥蜴绿眼中有冷漠也有谴责。他走出门，她听见他的车开走了，这才意识到他的车一直没有熄火，觉得自己受到了污辱，同时又得到了解脱。

下一次他又从山庄来到村里，打开罗丝的门走近竹条搭起的围栏，小维奥莱特正在里边一如既往安静地玩她的手指和脚趾，正在做饭的罗丝冲他说："她叫维奥莱特。"见他没反应一直在观察孩子，又问他："你那天说酷暑下的葬礼是什么意思？"

他并没有马上回答，她忍受着这无声的欺压。最后他背着身对罗丝说：

"我的意思是说她的动作非常缓慢。"

"非常缓慢？"她心里说：粗野。

"缓慢而且费力，戴着绒球更显皮肤黑。"

罗丝心想他可真是开始胡说八道了。她不再提问题放他走掉了。他没说还会回来，以后也确实没再来过。

后来证实维奥莱特的确很慢。五岁时罗丝把她送进学校，每天去送她或让一个邻居送她。她知道这小家伙总是心不在焉，因此常常在回家的路上会走丢。后来维奥莱特被学校开除了，老师说因为她不学习，在课上光跟别的孩子捣乱。"这孩子头脑有点简单。"老师这样解释。维奥莱特总是自顾自哼小曲，根本听不懂别人要她做的事。她最喜欢做的就是用一块湿海绵细细地抹拭桌面,不过就算她哼小曲、擦桌面、把自己的作业本弄得一塌糊涂而不是按老师的意思画鳄鱼,这都不算什么,问题在于她乐于给任何想看她屁股的人脱裤子。老师最后说:"她影响别的孩子。"罗丝领着她的小女儿回到家,一路上女儿还在路边揪野花,她弯下腰时两条小辫落在地上。罗丝只好报丧似的跟她慢慢往回走。

六岁时,维奥莱特开始跟妈妈出海捕鱼,可她怕水,而且一晒皮肤就红得脱皮,她的皮肤没有罗丝的经晒。她就呆呆地坐在妈妈的船里一动不动,给人一种哀婉的感觉。尽管她头上戴着绿色的草帽,可看起来就像是煮熟的虾,像是阳光穿透了草帽,这真是不可思议。她是想帮着拉渔网,可她的手一弄就破得流血。她想哭却又不想让母亲看到,就假称身上到处都疼,眼睛也不例外。"眼睛痒。"她说。罗丝后来明白没必要带着她出海,所以后来就把她一个人留在家里。

维奥莱特在专心做一件事时非常仔细,她会补渔网,还会发明编新的渔网结,又结实又实用,她在修补的时候像是在绣花。她母亲心想:"她可能生来就是做这事的。"维奥莱特极少讲话总是哼歌,因此罗丝常常忘记她还有个女儿坐在屋里的灯光下。

其实,维奥莱特对于这里的生活是不适应的,她害怕蛇、蚂蚁和蝴蝶,哪怕是黑脉金斑蝶,罗丝觉得这种蝴蝶又美丽又勇敢。她对女儿说:"它只有半克重,对人不会有害,而且它们是从加拿大那边顶着风飞到我们这里来产卵的。"但维奥莱特还是闭着眼睛摇头,在黑脉金斑蝶出现的季节绝不出门。

罗丝为了让孩子有个自己的空间,在家里立了一堵木板墙,她既害怕又希望维奥莱特紧紧地依存于她。她温柔地称她"小黏虫",因为小家伙与她形影不离。木板当然是隔开的,虽能彼此看见对面,但毕竟是一个隔离的空间。在瓦塔布纳这个地方常有黑蛇出没,因为这里离沙滩很近,它们常常埋在沙里生活。每当一条黑蛇无意间闯入她的房间时,维奥莱特就蜷缩在床上的蚊帐里像石头一样一动不动,看着蛇在地上滑动和溜走。她母亲还告诉过她:"你看到黑蛇就叫我或者跑出去。"可小姑娘就这么像石头一样一言不发地待在房间里。

她还做噩梦,梦中她大喊大叫的声音连邻居都听得见,她们最后不得不跟罗丝说,得承认这个事实,这孩子就是与众不同。罗丝本应该为此做点什么,在她背上扎针或给她做活鸡汤或剃光她的头或到山洞里找老妖婆治疗。但是罗丝只是耸了耸肩安慰所有的人,包括邻居和她的女儿维奥莱特。

马克斯的母亲把她儿子不用的自行车送给了维奥莱特,这么一来罗丝没法活了。一个母亲如何能够让自己的孩子在没人看护的情况下在森林里骑车、在海滩散步和游泳?所以罗丝·布斯塔曼特太了解所有可能出现的危险了,比如突然出现的活动泥沙、路上的车辆或其他类似的情况。有一天,维奥莱特骑着擦得锃亮一尘不染的红色小自行车为马克斯的母亲买完东西回家——那时候她还是个非常乐于助人的小姑娘,摔得飞出去时用右臂挡了一下,结果把胳臂折成了两半。"她划出了一道太阳光。"很久以后几位目击的老人以赞赏的口吻说道。罗丝打鱼回家时看到家里围了一圈人,女儿躺在床上呻吟,邻居们坐在晒台上喝咖啡看守着她,有人甚至还安了个吊床。罗丝从老远就看见自己的晒台上有好多人,便使劲踩自己破船上的发动机赶回家，心也像掉进了冰窟窿。她做了最坏的打算，推开众人来到女儿的床前，她估量了一下受伤的程度，让人把拉斯卡尔医生叫来。医生来之前为了给女儿减轻疼痛，她给她灌下芒果酒。拉斯卡尔医生来了以后给维奥莱特打了湿石膏。夜里，罗丝看着孩子，她一叫唤就给她灌果酒，结果这孩子喝上瘾了。不久就得严密管制果酒的饮量了，当石膏拆掉而果子酒不再适合病症后，罗丝不得不把酒瓶藏起来，之后甚至从小木屋里完全清除掉，还得时刻警惕着小家伙的嗅觉并采取一切措施，就是在她出海时把孩子关起来，让她一个人在小屋里守着冷食和清水或苏打汽水打转。维奥莱特也很狡猾，想办法拆除了几块木板逃出家。这时她就不再怕什么黑脉金斑蝶或黑蛇了，她只是想跑到大路上撩起裙子换回一两瓶酒。

原本安安静静的维奥莱特长成了一个叽叽呱呱喋喋不休的女人，说出的话没人爱听。她曾经是那样一个皮肤娇嫩的女孩，但从来上不了档次、一个因为太笨学不会读书的女孩，现在她长得足够强壮去伤害她母亲的心。她跟村里所有的男孩上床，无节制地喝得酩酊大醉，最终变成了一个毫无内涵和道德约束的美丽女人。

十五岁她就怀了孕。

罗丝束手无策，只好接受现实和命运的安排。维奥莱特生下了薇拉·坎迪达，可她没有能力照管孩子，并继续与任何男人上床。瓦塔布纳人都想，这真是祖传的职业。然而奇怪的是，维奥莱特并不向任何人索取回报，她似乎就喜欢做这类事。所以当别人指责这些人利用维奥莱特的弱点时他们就以此为借口。她变得懒惰而脾气暴躁。她母亲只好养活她，村长的儿子也管她，因为他很喜欢她，他觉得她集漂亮与蠢笨于一身，无法接受她这样用自己的性器官做这类事，因此他送她些不值钱的小东西并给她饭吃，她令他欲罢不能，每次见到她他的神经就异常兴奋，他就得马上要她，性器勃起，全身大汗淋漓，滑稽得很。后来他给她在山洞的小路上买了一个小房子，把她和女儿安置在里面。

在瓦塔布纳，人们传说薇拉·坎迪达是村长的孙女儿，不过连维奥莱特·布斯塔曼特自己都说不清楚这事。

14　学会在水下呼吸

薇拉·坎迪达从五岁开始直至离开岛之前一直跟着她外祖母罗丝生活。罗丝有一次发现她的女儿维奥莱特三天都不给女儿喂饭，明知道孩子发着高烧她也没把她送到瓦塔布纳的医生那里去。

这一天，罗丝·布斯塔曼特来到维奥莱特的家，给她带些木瓜和洗熨过的衣物。她想见孩子，而坐在那儿对着眼上指甲油的维奥莱特则只是抬了抬下巴指向她和女儿的房间："不知道她怎么了，老睡觉。"罗丝掀起门帘看见小家伙的身体躺在草席上，看起来软成一滩泥，她马上想到孩子是不是已经死了。

"你这是让她等死。"她吼了一声就冲着孩子奔了过去。维奥莱特站起来踮起她美丽的脚往这边看，罗丝看见小女孩还活着但情况非常不好。她的脸烧得像花儿一样红，已失去知觉，她的右耳上有个像婴儿拳头那么大的脓包从她细嫩的皮肤中凸出来。罗丝感觉自己的怒气在增长，她扔下还在手中的木瓜和叠得干净整齐的衣物，抱起孩子像是抱着一只快要死去的小鸟，骨头和肉都分离了一样，起身站在那个发呆的母亲面前，从牙缝里挤出愤怒的声音，但足够清楚好让这个怪异壁垒里的维奥莱特听明白：

"告诉你,维奥莱特·布斯塔曼特,永远也别来向我要你的女儿。"

维奥莱特看着她出了门,像石头一样一动也没动。

罗丝把孩子送到了拉斯卡尔医生那儿,他诊断说长了疖子,把孩子留下了几天,给她用了平时给一百五十公斤重的伐木工所用的药量。最后终于把仍然虚弱但还活着的孩子交还给她的外祖母。他告诉罗丝·布斯塔曼特,小家伙身上和腿上都有抓伤、伤口和瘀血的痕迹,如果是自己在她母亲的小院子里玩耍绝不会有这样的结果。罗丝点点头,设想着维奥莱特如何时不时让孩子一个人磕磕碰碰地自生自灭,庆幸自己的决定还是绝对正确的。

从此薇拉·坎迪达就在外祖母的海边小木屋里住了下来,这在她出走瓦塔布纳之前是再好不过的事情了。

维奥莱特·布斯塔曼特过来看她们时装作十分小心、惭愧和懊悔的样子,但罗丝没有食言,她从未让她把孩子带走。维奥莱特试图哄骗孩子,也试图在罗丝出海捕鱼的时候来看她,她给她带糖果和一些缝在一起的布头,这对她这样一个脑筋不太清楚的人来说已经是给公主的礼物了。薇拉看见她来,也接受她的礼物,仔细叠好布片,把糖果放在厨房的架子上,然后坐在她母亲身边继续做作业,但她从来不跟坐在椅子上因为没有酒只能一边喝茶一边不断扭动身子像是没话找话说或是闹肚子的维奥莱特·布斯塔曼特说话。

开始,薇拉·坎迪达还是愿意回到母亲那里去的,她感觉到让母亲伤心是自己的不对。而她母亲呢,一味地说自己不好,向她不断保证再也不那么干,自从心爱的女儿被外祖母劫走以后她是多么悲哀和伤心。"我确实是有时做不好事,我当时不知道怎么爱你。"她说道,"但是我全心全意地爱你。"她像是一个施行暴力的丈夫忏悔式地一遍遍重复说,"你看吧,以后不会再发生这样的事了。"开始小女孩儿还有些犹豫和摇摆不定,她决定一句话不说,怕自己一下子控制不住哭出来,就关闭一切听觉专心做作业防止自己忍不住跳起来让抱着自己脖子的母亲带她回到那许多年前自己曾住过却记不起来的小屋里。她母亲身上的有些东西是她不愿拥有的。她之所以没有马上跟她走,是因为她害怕外祖母暴跳如雷并再也不理睬她。

有一次她终于向外祖母讲述了她内心的悲苦和伤心,有时她甚至吃不下饭,可怜的孩子,她日渐消瘦,常常坐在沙滩上神不守舍。罗丝做出了两个决定,第一,她禁止女儿维奥莱特再在她外出的时候来骚扰小家伙;维奥莱特开始表示不满,但罗丝没有松口。第二,她教薇拉一些对付暴君的手段。她先教她不要接受这类专横者的馈赠,还教她如何抵制美人鱼的美妙歌声。她说:"不要忘记你的仇恨。如果你有忘记仇恨的倾向使另一种不明确的坏情绪抬头,比如说自责,那就要做出行动。最好就是站在房间的镜子前,掀起衣服数数维奥莱特·布斯塔曼特所谓伟大的爱留下的痕迹。"每当这时,薇拉·坎迪达就贴在镜子上体会着冰凉在她肌肤上的冷意,然后在镜子上哈气画些圆的、螺旋的和波纹图像。她把头发拢起来观察着耳后雪白光滑的肌肤上留下的伤痕再放下头发。

"我的甜心,这些伤疤就是你的武器。"外祖母罗丝说,"其实你身体上留下的这些外伤对你有好处,而你心中留下的伤痕,别忘了我的小公主,这类伤可是比拳头的暴力更加令人苦恼的。所以千万不要忘记你的仇恨,而你正义的愤怒是需要做出一定努力的。"

15 蚂蚁、富拉尼人和食人妖魔

罗丝·布斯塔曼特是个十分出色的外祖母，她动不动就能讲出一套套的格言而薇拉就全记下来，为此她短裤口袋里还随身带着一个本子和小铅笔以便记下外祖母说的格言好随时翻看，思考以后再看，她想从中悟出道理来，却想不出，只好安慰自己："以后再说吧。"可以说是她贮存了足够多的粮食以备不时之需。

罗丝·布斯塔曼特常常警告她说："有的人以为他们喜欢你就有权利占有你的身体。"

"要耐心等待肉体的呼唤。"她又补充说。

"你要学会达到那样的境界，不再知道你的身体从哪儿起始而另一个人的身体在哪里结束。"她又说。

她还说这些东西学校的老师应该教给孩子，可以避免像她自己和维奥莱特这样的女孩子成为妓女，避免家庭不幸福。当外祖母这么说话时，薇拉·坎迪达有些疑惑和茫然，像是在茫茫大海中落在一块浮冰上而周围的海水正在慢慢淹上来。

罗丝·布斯塔曼特不愿意让薇拉·坎迪达帮她出海捕鱼，只允许她去瓦塔布纳的学校上学、做作业和收拾房子。但收拾房子对于薇拉·坎迪达来说并不是件轻松的活儿。可她也的确是尽了最大的努力把房子清理干净，只是做这些事她需要付出很大努力。她从学校回到家时想，我马上就干。她看着自己与外祖母睡的房间，感觉自己就像有一群蝇子冲她飞过来一样束手无策。她觉得需要睡一觉，只好对自己说："我还是先写作业。"于是她就写，写完了她再看一眼房间，顿时全身瘫软。她明知道时间在一分一秒地过，她得洗早餐用过的碗，扫地，把地上的柠檬瓶子、擦桌布、围裙和学校的书都收拾起来。但是她就是站不起来做事，只好干坐在桌子旁等着。光线暗淡下来时她仍是什么也没干，要说她这样子完全可以是在等谁的信而这信却迟迟不到；或者是考试成绩，她给诺阿图寄去的一个诗歌比赛奖项，更或者是她心上人的信。等她意识到外祖母就要回来时，才打起精神在屋子里活动起来，她点上油灯扫地，把所有的东西都推到床底下，一直推一直推。外祖母回来时，而且是那个在海上捕了一整天飞鱼的外祖母，薇拉就冲她笑。在炉子前站得笔直，希望外祖母对她这种士兵作风表示欣赏而不是责备她没有把小屋打扫干净，而她的外祖母什么也不说，她一眼就看得出屋子又脏又乱，碗碟像是洗过了但上面仍有油渍和污迹，脚下的地也黏乎乎的而晚饭根本没做。但她什么也不说。薇拉·坎迪达看起来显得自尊心有些受伤甚至有些吓坏了。外祖母像是没事一样，也不把她当懒虫对待，她开始做晚饭并一连串地说出那些格言让薇拉记下，这样一切都顺其自然了。

维奥莱特突然死在森林时薇拉·坎迪达已经十四岁并且在外祖母这儿住了很长时间了，她母亲被人发现的时候脸上爬满了蚂蚁。

是村长的侄女来告诉罗丝·布斯塔曼特有人发现她女儿死在了红树林里。罗丝一下子老了十岁,她的脸扭曲着,脸颊凹陷,转身向薇拉·坎迪达像是要求她做什么事,而薇拉则拼尽一切想象力也猜不出是什么。这时罗丝松开了手中的木勺,任它掉在地上,她停下正准备的晚餐,只跟薇拉·坎迪达说了句"你别走开",就在村长侄女的搀扶下出了门。这侄女是薇拉在学校的同学,薇拉·坎迪达想到第二天所有的孩子都会问她母亲的死因,于是她没有听外祖母的话远远地跟着她们。她迈着小碎步,像是走在玻璃上无声而快速地前行,一边心想,我妈是夜里死的。其实她母亲是前一夜死的,蚂蚁已经在她脸上爬了一整天。

在维奥莱特·布斯塔曼特尸体周围有三个与罗丝年龄相仿的女人,其中一个女人手中拿着电筒晃来晃去,还有村长的儿子,维奥莱特的情人。没人动过尸体,大家都等着村里的警官瓦尔德斯的到来却怎么也找不到他。村长的儿子哭得很伤心,似乎他真心爱过维奥莱特或是他真的丢了一件无法弥补的东西或是他做了一件什么亏心事或是忘记了一件重要的东西而别人永远不会原谅他。薇拉·坎迪达躲在一棵油棕榈树后面看着他心想,这人看起来又坏又傻。她又想起在学校里听到的与她母亲有关的风言风语。"你是蠢材和傻子的女儿。"这话也没什么不好的,只不过大家好像都觉得她有这样的父母却显得如此正常很令人吃惊。

罗丝·布斯塔曼特要把她女儿抱起来,三个女人想阻止她,说要等瓦尔德斯警官来,但是罗丝断然推开她们,用手帕赶走她女儿脸上的蚂蚁说:"过来帮我。"村长的儿子不再哭泣，过来帮她，结果是他自己把维奥莱特抱了起来，像是抱着他的新娘。薇拉跟着送葬的队伍，因为天已经很黑了所以没人认出她来。穿过瓦塔布纳时队伍越来越壮大，瓦尔德斯警官来了以后就开始大喊大叫说不该搬动尸体，但没人听他的，所以他只好跟着大家一起来到村长家。薇拉感觉自己的胃像是五天没吃过饭一样缩成一团。

村长的儿子进入他父亲的家门后，薇拉·坎迪达就返身回家了。她站在厨房中央尽量高地往上跳，不知是不是富拉尼人或是马赛人①的招儿。她就这么跳着让自己的脑浆忽左忽右忽上忽下地流动造成无意识状态，这样她就浑身无力以致对整个世界都没有知觉了。她要的就是这个效果，之后倒头酣睡了二十个小时。她醒来后，看见外祖母正坐在台阶上吸那种可怕的烟卷，她望着落日哭出的细小声音是薇拉以前从来没听到过的，她并没有叫醒外孙女。小姑娘睡这么这么长时间反而是件好事，罗丝·布斯塔曼特本来跟谁也不想说话。

这时的她已经七十多岁了，她自认为是个不称职的母亲，但是个还说得过去的外祖母。她决定掩埋女儿而不再追究到底发生了什么事。听说是维奥莱特喝得酩酊大醉不省人事，只有一件事令人起疑，就是把她送回来又以这种方式把她抛尸红树林的那个人到底是谁。因为维奥莱特·布斯塔曼特半夜三更黑灯瞎火一个人在林子里走路这类事她是从来没干过的。

罗丝·布斯塔曼特回顾了一下自己悲惨的一生，觉得自己很可怜，之后又振作了起来。她让外孙女薇拉·坎迪达上山

---

① 两者均为非洲的游牧部落。——译注

去找赫罗尼莫,告诉他他女儿已经死去后天举行葬礼。

薇拉看见外祖母与以往极不相同的表现沉入自怜自爱的情况有点震惊,可薇拉·坎迪达也无法想象一位老人再一次失去自己亲生女儿之后会有怎样的反应。她只是听了外祖母的话爬到瓦塔布纳自己从未谋面的外祖父所住的小山坡上。他还住在那个半坍塌的山庄里不再出门。薇拉·坎迪达那天穿了一件红色背带长裙,披一件黑色的钩针披肩,穿一双鞋底不超过两毫米厚的黄色木拖鞋,她感觉到了小路上所有的碎石。头发梳成小辫,眼里带着跟外祖母一样的凶狠目光。她登上一百三十二级台阶之后敲打着门上的铁环,有些台阶已破损,还有的上面不是长满了绿藤就是被暴风雨损毁。她浑身颤抖着却感觉有点自命不凡。她又用小手敲了一下金属环后才听到有脚步声下来和门闩的声响。那个哑巴佣人可能早就死去了,因为是赫罗尼莫亲自来开的门,他头发花白,眼睛依然是鬣蜥绿色。他看了她好一会儿没有明白她到底是谁。薇拉·坎迪达感觉她的血都凝固了,真想转身逃跑迈下台阶返回罗丝的木屋。但她不知道是因为这个地方还是鬣蜥绿眼睛还是别人谈论老赫罗尼莫的话把她弄懵了。他向她点了点头示意她进门。尽管薇拉·坎迪达怕得要命或是感觉要进入一个食人魔的魔窟里,她的双腿仍像平时一样听话地向前迈去。

第二部　拉荷美里亚

1　水涨上来

当薇拉的情况再也无法继续在外祖母面前掩饰时，她便决定出走。她感到忧伤和麻木不仁的情绪在慢慢滋长，像是肚子里的东西在吸食她的精力令她喘不过气来。她所能想象的就是肚子里的小蛔虫深藏在她的肠子里睁着圆眼挥着细小的爪子用红色的吸管吸食她的骨髓。现在她经常会瞌睡，她怕外祖母发觉因而马上猜出她这个样子的原因。那样的话薇拉·坎迪达就真的完了，至少她是这么想的。

而薇拉·坎迪达害怕这事令外祖母罗丝·布斯塔曼特生气并自责令人有些难以置信，因为外祖母一直在教育她说受害者就是受害者，他们永远不是同谋，而混蛋永远是混蛋。那么既然有这样的说法为什么薇拉·坎迪达一直不敢向外祖母承认肚子大这件事？而目光如炬的罗丝·布斯塔曼特为什么又没有发现薇拉·坎迪达的蛛丝马迹？

薇拉白天要睡觉就藏在倒扣在沙滩上的小船里。她每次只小憩一会儿，尽管根本对她的疲劳无济于事但至少她不会一睡不起；而坐在外祖母的桌子旁吃饭时她只顾埋头吃盘子里的东西，因为她很了解自己身体有反应之前的预兆，会感觉到自己的眼睛像计数盘的珠子一样翻，翻进眼皮里，令她看不清东西也听不清别人说的话只能点头，声音也变调得令人生疑。每到这时，她就得站起身说："我去趟厕所。"再跑到屋后的小木房里蹲下来轻轻地摇动，绷紧肚子眯一会儿。除了这些嗜睡的现象外，薇拉每天从早到晚都有抑制不住的恶心感。她越来越难以控制自己为此所表现出来的惊惧。

怀孕三个月之后，她决定离开瓦塔布纳。

她以前的一个同学跟她说她有个表姐住在大陆，在拉荷美里亚学习法律，薇拉还专门去找这个同学问了详细的情况，这个同学毫无保留地把所有细节都告诉了她，她完全自愿，还答应第二天就给这个表姐写信并向薇拉保证等她一到就能在她表姐家找到住处。这位表姐每年要来一次瓦塔布纳，行为方式非常开放并把自己的公寓说成是"西班牙客栈"，这种说法很得薇拉同学的欢心，她可能听见过表姐描述那是一个可以无节制地喝啤酒、大吃特吃土豆洋葱蛋饼的自由自在的地方。那同学对薇拉的情况并不知晓，她只是希望帮助她找个避难所，其实她并不真的相信那里可以避难。而万一发生意外情况，比如说薇拉·坎迪达出走大陆后失踪，还可以给她减少一个对手，因为薇拉尽管几乎不与同学交往却身材好得不行，以至于男生眼里只有她。这事对双方都有好处，薇拉向提供信息的这位同学付费，她给的是封口费和帮助费。"如果我说出去，天打五雷轰。"给的钱是帮助外祖母卖鱼时所挣的一点积蓄，这钱是她去那可恶的赫罗尼莫家之前放在她母亲维奥莱特原来的一个小皮夹里的。

薇拉走的那天倾盆大雨。

"什么破天气！"小巴司机骂道。薇拉点点头爬上车时还暗自庆幸自己这样匆匆逃跑时遇到这样的天气，路上人很少，而且因为下雨她可以把雨帽戴在头上遮住脸。小巴起步时，薇拉深深地吸了口气。她把脸贴在车窗上望着外面瓦塔布纳的街景渐渐消失在她的视野中，潮湿的气息从窗缝中悄悄渗入，窗玻璃冰冷而潮湿，水珠顺着玻璃一道道流下来，像是发着高烧。路上的小石子颠簸着薇拉的肚子，她试图全力设想城里那表姐的形象以避免想到外祖母以及外祖母所受到的伤害。她还是小孩子时就曾想象过自己的葬礼，人们对她所做的赞美、她的墓志铭和人们为她洒下的眼泪；这样想能让她安静下来并使自己沉浸在悲伤的摇篮中。然而现在她不能再做类似让自己舒服的设想，薇拉·坎迪达已经关上了乡愁的大门。现在她要像三只小猪一样砌起一道能够抵挡大野狼吹气的砖墙。她的头抵在窗上，她真想把头在玻璃上撞出一个大包。

到诺阿图的路应该是两个小时，但由于大雨的缘故时间完全可能多一倍，"什么破天气！"小巴司机又骂了一声。薇拉把背包拉近膝盖，她用包上的带子缠住手腕，怕路上累得睡着，摸了摸之前她缝在衣服里位于心脏正中央的小皮袋，她还有几张钞票放在鞋底，也许鞋里会进水但也值得，她想，这样更安全。就在路上的几个小时内车上有过许多人上上下下、来来往往卖小卡片或特效药片。薇拉最讨厌岛上的这些事，那些人把手中的篮子递到旅客眼皮底下，有的是奇迹般让爱情覆水回收的，有的是让人皮肤光洁如处女的，还有的可以中止意外怀孕，有些还算不过分夸张只说是可以防止旅途中的呕吐，这是森林长途旅行中的另一不方便之处，所有的人都得带上塑料袋吐在里面，每次车一停下就得下车清理干净。

薇拉·坎迪达弓着腰专心致志地看着窗外，以避免听到车里的喧嚣声，因为有人还带着动物上车，有母鸡、兔子和打架的公鸡，甚至还有个人拎着小小的笼子，里面装着像只食蚁兽样的动物发出长长的哀号。她不想了解任何旅客的情况，不想跟任何人打交道，只是半闭着眼猜测周围发生的事。整个森林在倾盆大雨中低下了头显得那么驯服和安静。薇拉·坎迪达心想，森林是忏悔者。然后她又想，我走了。之后，我走了没人会为我遗憾。

这显然是不对的。

但是薇拉·坎迪达只有不到十五岁，离家出走本来就不易，而想象得出自己的出走会让外祖母极度伤心也就更加坚定了她不回头的决心，她的出走只能是永久的，那就是说可能持续到永远，因为这时候的薇拉·坎迪达还没有看到死亡。

小巴到达诺阿图时，她下了车看到了周围的情况便感觉自己的底气在慢慢减少。她差点掉头上车去找司机，而后者在启动汽车之前正用眼角观察她。看到他黄褐色的皮肤，肚子顶在方向盘上，她再把头重新缩回衣帽中身体紧张得缩成木棍。小巴司机发动车，车门自动关闭，汽车慢慢走远了。

薇拉·坎迪达站在诺阿图广场中央，时间还早，她要乘坐的船要到晚间才开，渡河是在夜里，薇拉的同学已经把这些情况详细跟她说过了。为了不让眼泪涌上眼眶或者被绝望的情绪所支配，薇拉·坎迪达在脑子里一遍遍地梳理，把大脑变成一个美丽的空贝壳，就像是落在沙滩上表面光滑的贝壳珍珠层。"看吧，我绝不能突然晕倒在这个广场上，变成一堆麻袋片，再过几个小时有人来打扫时连麻袋片也见不到了，我消失不见了。"她就这么想着不让自己退缩,继续往前走,用新的想法来清除大脑。她要越过大洋去彼岸的西班牙客栈找那个表姐,再想办法把肚子里日益长大的婴儿弄掉,如果她打消不掉悔意,所有这些事均无从谈起。

2　游失灵魂的穿过

薇拉·坎迪达要在诺阿图乘坐一艘盛满了鳀鱼和非法移民的拖网渔船,她虽不到十五岁但看起来像是十九岁,她皱着眉瘪着双颊,在诺阿图这一天走路的步伐很坚定令人感觉她是着急去什么地方,她看出来这样别人就不太理会她,永远不要给人不知所措的印象,这很重要。既然不能给人以不知所措的印象,她就得在雨中围着诺阿图神色匆匆地来回走等着开船的时间,给人印象她在广场周围要有什么活动的样子,但为了随时观察时间一分一秒缓慢地流过,必须一遍遍地从教堂大钟底下走过。

时间一到,薇拉·坎迪达就在拖网渔船的底舱找到跟另外四个岛民在一起的位置,她是舱里唯一的女孩,但她随身带了刀子,当有人接近她时,她就冲他龇牙咧嘴掏出小刀,之后再没人敢来骚扰她。

他们第三天才到达目的地。

薇拉·坎迪达还从来没到过拉荷美里亚或踏上任何大陆。她对这里的一切都震惊不已,因为一切都跟瓦塔布纳不一样。不仅仅是地方不同,一下船她就整个感觉换了一个世纪。薇拉·坎迪达从没见过这么多的汽车这么多的广告牌子,那些广告牌还会翻动，一分钟就能看五个不同的广告之后一下子又翻回到第一个；还有如此多的商店、穿超短裙的女人，颜色都是荧光的；这是薇拉外祖母在她小时候天亮前骑车上学时逼她穿的坎肩颜色，每次她到学校之前五十米就赶快塞进书包里不致让同学们笑话。在瓦塔布纳，荧光色很难看，是那些从诺阿图来修路的人穿的，他们都手持丁镐肩背麻袋；还有那些乱哄哄的声音，那些等在港口的上百辆汽车里高音喇叭传出的音乐。

薇拉·坎迪达停顿了一秒钟，之后才继续表现出胸有成竹的女孩子模样，心里想，这是科幻电影。她有点怨罗丝·布斯塔曼特没有早跟她描述拉荷美里亚的情景，还怨她母亲和赫罗尼莫，她怨过所有认识的人之后就继续赶路了。

那表姐给她打开门，薇拉·坎迪达把包放在门口自我介绍了一下。看见面前的年轻女人对她的名字并没有反应，便说她来自瓦塔布纳，还拿出她的同学写在纸上的地址作为证明。想到这城市里唯一应该认识她的人对她无动于衷并似乎从未听到过她的名字时她的表情便变得十分颓丧，而就在此时那表姐敞开了大门："进来吧。"她说，关上门后她又说："我叫安那，我的名字里没有女字旁。"这并不是瓦塔布纳的普通做法，她的本名是安娜，跟别人一样，不过她渡过大海来到大陆成为法律学院的学生之后就自作主张取消了那个女字旁。

表姐安那不穿荧光衣服，但是穿着一件牛仔超短裙和一件黄色的T恤衫，上面用粗笔写着：我是革命的宝贝。

薇拉·坎迪达进到公寓内心中又再次感叹道:"这是科幻电影。"她太喜欢这地方了,因为这里好得无以复加,是一间女学生的房间,小浴室在小厨房里而厨房在房间里,厕所在楼道里,到处乱得一塌糊涂,墙上贴着音乐海报,酸奶盒当烟灰缸。薇拉放下自己的背袋,表姐安那转向她说:"我给你倒杯茶。"又说,"你能碰到我正好在这儿算你有运气。平时我都是在我男友家。"她说话时发音是那种很讲究的潇洒不羁,显然她就喜欢这么说话,特别是在一个从瓦塔布纳来的女孩子面前,叫安那而且做这样自由的女孩子多好,虽然薇拉·坎迪达并不是一个理想的听众,但至少有听众。她给薇拉一个杯子,往里倒了些茶:"你今天晚上可以睡在这儿,以后你得自己想办法。"不过薇拉·坎迪达没有听到后面的句子,因为她突然晕倒在地上。

此后薇拉在表姐安那家住了五个月。这五个月像地狱,因为在这小小的公寓里总是人满为患,因为来的人和住下来的人轮流交换着不睡觉,难道他们在当看守?他们吸那种散发着烧焦了的肥皂味的东西,把音乐声开得最大,连地板都在不断地震动。薇拉·坎迪达为了躲避扬声器和令她作呕的烧焦肥皂气味,渐渐把自己睡觉的床垫挪到了浴室,弄上软垫和被子像狗一样蜷缩着睡在里面,再用一个布满虱子的金鱼帘子与浴室外面隔绝起来。她日益胀大的肚子越来越不允许她保持这样扭曲的姿势。

安那偶尔回来时,就斥责那些在她的床垫上萎靡不振的寄生虫客人,她放低音量把薇拉从浴室中拖出来安慰抚摸她说:"来吧可人儿,站起来,别窝在里面,你的宝宝要长歪了。

快站起来，我们正帮你准备身份证明。美人儿，你得想办法把这些烦你的家伙赶走。来吧小公主。"她可以这么一直说下去直到她离开，她选择了薇拉·坎迪达作为她的宠爱对象，她想知道谁是孩子的爸爸，既然她是从瓦塔布纳来的，她就以为自己应该认识那个人。但是薇拉·坎迪达总是给她来个不言不语。她决定帮助薇拉办理一切手续拿到正式身份，那个时候办成这类事还不是很难，因为连一个十五岁不到的未婚先孕离家出走的女孩子都有可能拿到。薇拉·坎迪达就是她的宠爱对象，是她自己说的，她其实想说"吉祥物"但又有点担心这种说法不够有礼貌，于是她决定争取，决定征战，哪怕她所做的任何战役都不够精确并且是偶然遇上的选择，那她也把这事认真对待，这正是她跟那些赖在床垫上萎靡不振、并向她抱怨一言不发把浴室当家的大肚子薇拉的家伙所说的："我做这事是有原则的。"是她说服了薇拉保住孩子，她当时惊讶地说："什么？什么？什么？你怀了四个月的身孕还想堕胎？小冤家你是不是不要命了？"薇拉·坎迪达反正是什么也不懂，似乎生下孩子然后抛弃婴儿比找个要钱的地方把她肚子里的东西拿掉要更加容易，况且后者危险异常。她心想，我生下孩子再送给别人，然后找个工作。我要一个人在一个面对大海的公寓房里住下，而且永远独身。我的公寓装大扇窗户，墙是全白的，我在窗户面前眺望大海，再也不要听音乐。

如果我做不到这些我就去死。

薇拉·坎迪达在设想这个计划时大多数情况下几乎是想不周全，她只是在心里不断地演着同样的场景，就是站在一个大玻璃窗前穿着宽松而优雅的白色裙服，喝着茶，姿态完全学着五十年代电影明星客厅淑女:"我是棕发的金·诺瓦克①。"她希望自己神秘而举手投足中透出隐秘的痛苦,脸上总带着莫测高深的微笑,尽管是独身一人却受到大众的追捧。她把自己看得很高傲而实则永远达不到,她在自己的幻想中身材高挑胸部丰满目光永远停留在远方,微眯的眼睛似乎在寻找别人永远不知晓的东西。这个场景比起她一直以来想象自己葬礼的那个梦境同样令她心醉神迷。

---

① Kim Novak(1933年—):二十世纪五十年代最受欢迎的美国电影演员。——译注

3 莫妮卡·罗丝出生

就在莫妮卡·罗丝生下来之前,薇拉·坎迪达还不太清楚接下来等待她的是什么。结果当她看到那小小的肉团放在她面前时,或者更准确地说当放孩子的玻璃摇篮放在她身边时,薇拉感到极度绝望。孩子穿着公立医院里统一的墨绿色睡衣——干脆黑的不更好吗?孩子身子小得根本撑不起睡衣,那青蛙般的小腿像耳朵一样耷拉着——她的腿怎么了?薇拉·坎迪达的情绪肯定与她的荷尔蒙急速下降有关,但更重要的是摆在她面前的现实根本没有前途可言。

安那很快就来看她了,她吻了她,送她些软心巧克力,跟她说:"美人儿,现在你终于找到了住处,是吧?"说完就在房间里像蝴蝶似的跑来跑去像是需要活动或是找事做。她穿着一件印第安人的长裙,上面有绣花和金片。她告诉她说要跟未婚夫去墨西哥待一段时间所以要把自己的房子出租,因此薇拉·坎迪达得自己想办法找房子住。

薇拉根本不相信她所说的任何话,但她一言不发。要出院的时候,她真想去死。她心想,这孩子看起来挺正常,医生给她做了一系列检查,她会找到一个收养她的家庭。于是她拒绝喂奶,当天晚上就把自己的计划告诉了来检查她是否有大出血迹象的护士。她对她说:"我不想养这孩子。"护士静静地听她叙述,然后直视她的眼睛。护士的眼睛是黑色的,而眼白又使黑色的眼珠愈发漆黑。她向摇篮俯下身抱起宝宝放到她的手上说:"这是你的未来。"

之后她跟她解释说她能找到一家单身年轻母亲的收留中心,说没必要担心。她打开窗户,下面是一条喧闹的街道,夕阳照出很长很长的影子,她们是在第五层,天气很热,空气里有柴油味。薇拉·坎迪达心想,我要吐了。护士对她说:"看,窗户开得不够大,你没法从这儿出去。在你之前有别的女人曾经试过。"然后她指着西边楼群上方被夕阳染红的天空对她说:"今天晚上太阳在海面落下时是红彤彤的,这是个好兆头。"薇拉·坎迪达发现护士穿的衣服上有汗流下来的痕迹,看见她的身形在透明的的确良衣服下面若隐若现,因为她正好迎着光站在窗前。她低下头看着怀抱里的孩子正扭动着像是在找奶头,她觉得这孩子很可笑但又很感动,心想,看起来像是只绝望的小动物。护士走近她交给她奶瓶轻声说:"她好像还没有名字,你给她起个什么名字呢?"薇拉看见护士身上佩戴的牌子上写着的名字便说:"莫妮卡·罗丝。"护士笑了:"你真会开玩笑。"不过看得出来她很受用。薇拉·坎迪达看她有点吃惊继而带些喜悦的表情就接着说:"她的名字就是莫妮卡·罗丝。"护士不再笑,点了点头:"不错。"她又把目光转向窗外说:"我喜欢这座城市。"说完她就走了。薇拉只好把结束生命这件事放到以后再说,这情形跟戒烟差不多。

似乎薇拉·坎迪达不太情愿养育莫妮卡·罗丝或是说她不想让莫妮卡·罗丝成为一个文明的动物,比如说她真希望永远不给她梳头,她希望她的头发乱得能立着插上一把梳子,她还希望这孩子永远不要洗澡,如果她不需要给她洗澡的话她会觉得她更干净更纯洁,她觉得她就是拥有神奇圆环的一座原始森林和一片未经开垦的处女地,她更希望她就这样永远处于野人状态。但薇拉·坎迪达抱着孩子走出医院的时候还没想到这个份上。她在医院里学到的如何照顾婴儿的技能将持续一段时间,都是些每日必做的功课和动作,因为每一项都是重复的、必须专心致志的,不许晕倒,不许梦想,不许松懈。

薇拉·坎迪达去了人家告诉她的收留中心,那是一栋老旧的充斥着洛可可奇怪风格的建筑,比如大门四周装饰着箭鱼石膏。这家中心坐落在与海岸线平行的一条大街上,铁栅栏大门里有棕榈树、玉兰树,还有些女孩子坐在石阶上一边吸烟一边若有所思地往面前扔小石子。薇拉感觉来到一个疯人院诊疗所,她把孩子抱紧,一块披肩扎了些复杂的结扣把孩子箍在胸前,是护士莫妮卡帮她把宝宝安置在这个临时小摇篮里的,她自己无论如何扎不出同样的花样。

她不知自己来这个地方做什么。

她心里快速做了一个评估,看自己是否有别的办法,或者回到那个虽然让她住过却不会再管她的表姐家,或者从这世界上消失掉:"在这种情况下我得把小家伙放到教堂门前让人收养,外祖母罗丝跟我讲过这种事是有可能的。"或者回到瓦塔布纳的小木屋去,光是这么一想就已经让她毛骨悚然了。她就这么站在大太阳底下轮换着脚站立,一只手放在宝宝头上为她当帽子挡太阳。

有一个女人从台阶上站起来把烟头扔到碎石子路上,一边抬头望天一边无精打采地往铁栅栏这边走过来，好像在巴望天降大雨。薇拉往后退了一步，那女人抓住铁栅栏把脸贴上去。薇拉·坎迪达正想走开，那女人叫住了她："喂！"薇拉装作没听见不回头继续往前走，那女人又抬高了嗓门："喂！"薇拉·坎迪达心想，她是想找人帮忙吧，肯定是给关在里头了。她犹豫了半秒钟又想，她是想让我帮她逃出来。但是那女人打开了铁栅栏门迈出了一只脚："我叫你听见了吗？"薇拉·坎迪达走回来，嗫嚅着说："我不知道你是跟我说话。"那女人抬了抬眉毛像是刚发现她正跟一个头脑不清的人在说话。

"你想进来吗？"

薇拉·坎迪达不置可否，可是进去以后除了能把她送回瓦塔布纳以外她还有什么可怕的？她怕人家说："你这小姑娘多大了？你知道我们要把你送回你外祖母家去。"她口袋里有一封医院的推荐信，本来想跟那女人说她以后再来，她这次只是来看一眼，但女人只跟她说："来，进来吧。"说完侧身给她让开路。薇拉·坎迪达顺从地跟着她，对于别人替她作出这个决定松了口气，心想，随它去吧。这是外祖母罗丝常常挂在嘴边的话。她内心有些奇怪的感觉，像是她在这铁门前放了一堆重重的湿衣服。

那女人重新关上铁门说："赶快进来，要不然德国猎犬要叫了。"薇拉·坎迪达猛地停住脚步。"我是开玩笑的，开玩笑。"那女人举起双手做出推的动作让她放心，她向薇拉笑着，这样近看起来她并不像一个女人，因为她深色的皮肤和突出的眼球，还有下巴有点奇怪，像是男人做了变性手术但怎么看都差一点。薇拉心想，哎呀，我这不是进了一个窑子，外祖母罗丝还特别怕我堕落。想到这儿她又停住问:"这儿是个妓院?"那男性女人皱了下眉示意她跟上:"我建议你在考夫曼夫人面前不要用这样的字眼。"

她们走上台阶,其他女孩毫无顾忌地盯着这新来的,穿过一扇上面刻有章鱼花冠的木门进到建筑里。其中一个坐在外面的女孩子叫道:"欢迎来到鳕鱼公寓。"其他女孩子都跟着叫。薇拉·坎迪达感觉自己缩成一团,把手托在宝宝的屁股上把她紧紧贴在胸口,勒得小家伙开始扭动呻吟。

4　考夫曼夫人

鳕鱼公寓是一个永远不会有人独处的地方，二十八个女孩子住在里边，两三个女孩子带着各自的宝宝睡在一间房间里，所以没有薇拉·坎迪达当初特别希望的宁静。

接待她的女人叫勒妮，她可不是这些带着小孩儿在楼道里大喊大叫被抛弃的主儿。不，勒妮是总管，她用那种从前妓女转变成救助人员的夸张语气说话，她会半眯着眼睛侧脸抬起有点宽大的下巴说："我是考夫曼夫人的管家。"她这么说话听起来像是死心塌地效忠巫婆的奥玛伊玛，外祖母罗丝在薇拉小时候给她讲过她的故事。薇拉·坎迪达来的那天勒妮想把她介绍给考夫曼夫人，但是后者太忙或是身体不舒服所以没法接见她。勒妮跟薇拉·坎迪达说她可以先睡在候客厅里等待考夫曼夫人正式接见之后才能正式承认她在这里的合法性。

薇拉·坎迪达不知道自己是否希望继续留下来，她感觉来自其他女孩子的一些敌意，但她没有什么可以选择去住的地方所以她想，今天晚上就跟宝宝在这儿睡，明天再看情况。前面说过她的宝宝叫莫妮卡·罗丝，但现在她还是叫她宝宝或者小家伙。其实对薇拉·坎迪达来说明天这个十分遥远的未来足够令她头晕的了。

两天以后她才见到古德龙·考夫曼夫人。

勒妮来找薇拉·坎迪达时她正抱着宝宝坐在院子里干涸的喷泉边。她带薇拉·坎迪达上楼梯的过程中薇拉的心脏已经快要衰竭了。就这么突然那老女人考夫曼要接受她留在鳕鱼公寓了,勒妮打开老女人的门时薇拉·坎迪达真想把宝宝推给她,勒妮没接手并示意她带着宝宝一起进去。薇拉·坎迪达来到一个百叶窗全关闭的房间里,里面发出石膏粉和臭水的味道,而她所见到的一点也不像是收留年轻焦虑母亲中心的办公室,在她原来的想象中,里面应该有许多橙色的靠垫或漆成浅蓝色的墙壁,由于有人常来常往所以地上的角落里会有卷成团的灰尘,还会有些儿童教育、心理或医学的书籍,她还想会有些穿白大褂的人见她帮她重建信心和心理平衡,会有些忙得不可开交的妇女帮她看管小孩好让她找份工作。可是那老女人的办公室里面是奇怪的哥特风格,里面十分阴暗需要一点时间才能适应。甚至有几分钟的时间什么都看不见也做不成,感觉是在面对一头黑暗中的野兽,一只猫、猫头鹰或是一只蛤蟆。那老女人应该说是只黑色的蛤蟆,薇拉·坎迪达真想拔腿就跑。她心想,还不如回到那疯疯颠颠的表姐安那家,我要的是一个能够接受像我这样正常女孩的收留所。这时坐在办公桌前的那个老女人考夫曼夫人示意她走向前。薇拉·坎迪达看见她就想到这个人很像奥森·威尔斯①,她在外祖母的一份杂志上见过这人的相片。没错,就是奥森·威尔斯老了的样子。

---

① Orson Welles(1915—1985):美国著名导演、编剧和演员。——译注

"你叫什么名字?"她问。

她说话带有浓重的德国口音,而这口音对薇拉产生了某种微妙的反应,但她又不知道是什么,就像是一个消失了的想法离她越来越远,就像孩子手里的气球一样从她手中脱落一直飞直到消失不见,不知它是不是会这样一直飞到星星上还是之前就破了,什么时候会破,什么时候气球会松垮下来让空气进到里面使之破裂。这个想法从薇拉脑子里渐去渐远,没有任何办法把它扯回来。这么熟悉的口音,她想,这么熟悉的口音。

薇拉·坎迪达把自己的名字告诉她,从哪儿来以及她的年龄,她没说谎,跟巫婆奥玛伊玛或者奥森·威尔斯是不能说谎的。老女人又问了一句:"这孩子从哪儿来的?"薇拉没听懂这个问题所以没回答。

"给我看看。"

薇拉·坎迪达向老女人走去,看见她脸上扑了厚重的白粉,好多首饰和皱巴的衣领,她的皮肤白得看起来像个年轻姑娘,脸颊上涂成玫瑰色,两只眼睛彼此独立不相干,一只向左,一只向上,像是打完架没把眼睛放回原处。薇拉从老女人身上收回目光,看见桌上的菖兰花,这是花园里的花,肯定是勒妮大清早起来在花园里采摘下然后放在花瓶里的。桌上还有咖啡杯和放在咖啡碟里的小银勺,茶杯的细瓷薄得透明,而小勺的把上有个纹饰的标记。像考夫曼夫人这么锐利的眼睛本来是可以注意到薇拉在她问完话之后应该把孩子给她看却反而在仔细观察她办公桌上的摆设,结果她只是推开小勺和茶杯摸了摸孩子的额头。薇拉·坎迪达心想,她到底是个巫婆还是仙女?老女人看孩子的时候没有笑容,只是再次问了刚才的问题:"这孩子从哪儿来的?"似乎除了这类问题她没别的话可说。薇拉想,应该由我来决定她是巫婆还是仙女。于是她没等人家问就说:"她叫莫妮卡·罗丝。"

5　等待比利小子

薇拉·坎迪达被接受了,好像给她授予了什么称号。她走出老女人的房间时是勒妮向她宣布的,她在楼道里等她时眼睛盯着天花板,其实她这么无所事事地等在楼道里挺奇怪的,因为鳕鱼公寓里有多少事等着她来处理,所以勒妮的静止行为很反常。当她看见薇拉·坎迪达走出办公室时就走近她看了看她的脸笑了,说:"好了你被接受了。"其实这正是她想知道的,薇拉是不是第二十九个要照顾的女孩子。薇拉冲她点了点头,楼道里很明亮,或是因为与老女人办公室里的反差太大。不过光线充足并没什么好处,因为看得见勒妮脸上的底粉和她皮肤上像是在放大镜里放大的毛孔,而这些毛孔有些像下巴的胡茬,而且要长出来的,还有上唇的黑影。薇拉放心了,她想,勒妮就是她自己。她甚至想扑上去抱住她,但这太过分了,所以她只是笑了笑。这个表情对薇拉这个来到世上不过十六年经过了如此多的坎坷经历的女孩来说已经不错了。勒妮说:"我还得进去。"看样子她很满意,又说:"老板是个了不起的女人。"薇拉·坎迪达同意这个说法,不过其实她对老板一点也不了解,但勒妮的热情令她充满了感激之情,她想,我要给莫妮卡·罗丝喂奶了。她把宝宝抱近,右手托住她的小屁股。小宝宝的一只拳头放在嘴里,头则枕在妈妈的脖子上,一只手腕缠绕着妈妈的头发,穿的衣服已被汗浸湿。勒妮走时说:"别忘记给她换尿片。"薇拉·坎迪达这才闻到除了她的汗味混合着奶味以外宝宝身上还有臭味,所以她一直在扭来扭去。于是她想到,只那么小一会儿功夫,生活原来并非想象的那么悲苦,她宝宝的发育绝对正常,她在母亲去见老板的时候拉了泡屎,尽管有那样的父亲她仍是个健康的宝宝。

在鳕鱼公寓里,女孩子们常常交叉着双臂站在楼道里往窗外看,回忆着她们曾经应该经历过的事情。但是勒妮过来就会拍打着双手跳着巴西的波萨诺伐舞强迫人家看,真是没办法,她那么扭动着腰肢冲着姑娘们大叫说别这么站着,还有好多活儿要干,要把房子打扫干净。有时候会有女孩子摔倒,其实不是真的摔倒,可以说是晕倒,这时勒妮就赶过来跟女孩子说话,女孩子一顶撞她勒妮的声音就会温柔一些,哪怕她的声音那么粗大眼睛那么突出手像男人那么粗壮;有时候她还叫骂。薇拉·坎迪达会想,两个月以后我就离开,我得恢复精力,再找一份工作,这样就好了,我不能留在这里。有的女孩儿的孩子已经很大了,可她们仍在鳕鱼公寓的花园里晃来晃去,勒妮对她们有些不满,她让她们干些轻活儿,比如打扫卫生、缝纫、修修补补、帮厨房里那个神经衰弱的厨子做三十多人的饭等,她说:"孩子们,你们不能老住在这儿,你们占用有需要的人的位置。我要跟考夫曼夫人说。你们不能永久住在这里。"有的时候会有人来接她们,她们就带着各自的孩子搬走了,之后再也见不到她们,"嗵"的一下子就不见了。有时是母亲或情人来接她们，只要有人站在铁栅栏门口就会带走一个女孩儿和她的孩子。勒妮管这种接法叫做劫持。"又劫走一个。"她说。她最不能接受的就是这些可怜女孩无可奈何的母亲来鳕鱼公寓接走她们的后代，或是那些不够理智的情人到这里来在失身女孩子身上继续行使他们的特权。她最不喜欢的是这些女孩子不是因为找到工作而是以另一种方式离开这里。"你们要自立啊！"她跟她们说。她真希望这些女孩子都成为工作能手。"你们要自立啊！"她重复说。

她给她们买报纸，有些女孩子会看招工广告，说"招工"是为了让勒妮高兴也是为了证明工作市场的陷阱与艰难；还有结缘广告，因为她们觉得好玩，她们饶有兴味地读着那些单身男人写出来语无伦次的猥亵广告词；其他的人根本对此不感兴趣仍然我行我素。在鳕鱼公寓只有这两种截然相反的态度。薇拉·坎迪达没办法把这些女孩子一一区分开来，她只发现有两类人，一类是兴奋的，另一类是消极的。

在报纸广告的栏目底下，有一则小广告是一家冷餐厂招工，她看见是夜班，摇了摇头。有个女孩子说："这个我做过，一点没意思。你手上只要有一个小破口他们就解雇你。那里面除了规矩还是规矩。要是你的一根头发从帽子里掉出来，咣，解雇；你迟到哪怕只有一分钟误了生产线，咣，解雇。而且夜里谁来照顾我的孩子。"这是个无法成立的借口，在鳕鱼公寓，只要她还没稳定下来，总有人会帮着照管孩子，而且就是勒妮本人。只不过得交费，不过倒也没多少，几乎免费，就是让她们知道这类事是要付钱的。女孩子们接着说："简直没法活，看得很紧。"薇拉·坎迪达站在她们身后听完说："我想干。"女孩子们连头都不回继续讨论着报纸上的其他小广告和新闻。等她们看完了走开就把报纸扔到地上,连同她们当作烟灰缸的烟盒都留在地上,惹得勒妮大喊大叫:"孩子们,把你们的脏东西拣起来,要不然我就把你们扔出去。"薇拉·坎迪达走近把报纸上那家工厂的电话号码记下,然后上楼看她的宝宝是否还睡着,心想,我明天上午十点打电话。她看着宝宝微眯着眼做梦,眼球直动,想到死亡以及她自己的死。她对自己在可能的情况下自愿采取的死亡措施感到十分惬意,她想到自己母亲维奥莱特偶发性的好心:"爱我嘛,我是好心的,有时候我让你难过,但我是好人。看看我给你带来的这些东西,你不喜欢吃糖果和点心吗?难道你不爱这么好的妈妈不感到羞愧吗?"想到这里薇拉把手放到宝宝的额头上,全湿了,她羽丝般的头发全都浸湿了,她打开西班牙式窗户让空气进到房间里来。她和宝宝有一间单独的房间,与其说是给她的优待不如说是与别人隔离。她听着紫檀花里的鸟叫声和美人蕉的叶子相蹭时发出的锯木声。这间房间的屋顶很高,好像更高而非更长,墙漆成烟黄色,地上铺了地砖还有老鼠,两张带轮的铁床,窗户上有铁栅栏。我明天上午十点打电话,她眼睛茫然地望着花园又想。她不知道未来等待她的是什么,可能只是等着一个叫比利小子①的人来打乱她的生活。

---

① Billy the kid(1859—1881):美国西部传奇人物,神枪手,因身材矮小而被称为小子。——译注

6　纹饰小银匙

薇拉·坎迪达在冷餐厂找到了工作，勒妮向她道喜而其他女孩子则对她冷眼相看。

她那天从工厂面试回来踩着满地的灰尘慢慢往回走时，心里想的是把莫妮卡·罗丝留在鳕鱼公寓而自己不再回去一走了之。就在她回到公寓时勒妮告诉她们有个《拉荷美里亚独立报》的记者第二天要来采访考夫曼夫人，她要女孩子们把自己洗干净保持安静，如果大家表现得没有教养，考夫曼夫人会很失望。她这么说话像是在指挥一个裸女歌舞团。她还说，就算鳕鱼公寓的运作完全是靠考夫曼夫人的个人基金，但也需要其他资助来源，而唯一的方法就是把鳕鱼公寓搞成一个优秀的能够接受年轻未婚母亲的收留站。

比利小子当然不叫比利小子，这是他在《拉荷美里亚独立报》上的署名，这种玩笑看起来就是一个玩笑。比利小子既不瘦小也没有派特·贾雷特[①]追捕。勒妮说："这个名字代表伸张正义。"薇拉·坎迪达想起佐罗，心想他才是真正的伸张

[①] Pat Garret（1850—1908）：美国州长，于一八八一年击毙比利小子。——译注

正义。比利小子的真名是伊沙加，然而伊沙加这个名字并不好叫，因为人们会想起二战的黑色年代那个叫伊沙加的省长。女孩子们想知道这个比利小子是否与省长有亲戚关系，是他的儿子还是侄子，见到他时到底是应该说"您好比利小子先生"还是"您好伊沙加先生"。勒妮听到了这些女孩子叽叽喳喳的议论后告诉她们说，比利小子这个称呼就是为了给"受到明目张胆坏人强暴的妇女"伸张正义，他就应该"与他这一代人中的雄性黑猩猩作对"，除此之外没必要知道更多的事。

所有的人都知道了这件事的重要性。

尤其是当她们真的看见比利小子——伊沙加的到来时，都几乎同时梦想着他能够带走她们甚至和她们结婚。勒妮知道一有男人进入鳕鱼公寓的领地，女性荷尔蒙的骚动就是不可避免的，所以她把姑娘们全都赶到花园深处好让她们静下心来不去捣乱。

他来的时候薇拉·坎迪达正站在窗台前，她把前额顶在铁栅栏上仔细看他。她看见勒妮招待了他，他个子很高，金色头发，衣服是蓝色的。可他的脸上有什么地方不对称，上唇不是撕裂就是裂开或是缝合过。她将头更紧地顶住铁栅栏，但她也就只能看清这些。她心想，我才不在乎，我还是在冷餐厂工作。这个想法同时令她兴奋和冷静。她就这么顶着栅栏把前额弄出好多竖印子。反正他这样的人她是不喜欢的，个头太高，而且年龄也不够大——外祖母罗丝·布斯塔曼特总是说应该选一个比自己年龄大得多的男人，"因为这样他们自身的问题已经解决了以后才可以来照顾你。"这跟瓦塔布纳女人们说的永远不一样，她们说要找能干的男人，要爱她们尊重她们。罗丝·布斯塔曼特当时听到她们这么说就翻着眼睛看天耸耸肩膀不屑地说:"还不如守着蠢驴下金蛋。"

薇拉·坎迪达坐在宝宝摇篮旁边的铁椅子上心想,我现在得好好休息一下今天晚上好上班。但她仍是竖着耳朵猜想外面楼道里勒妮和客人说的每一句话。她听见他们交谈了一会儿,听见"话筒"和"录音"什么的,她抑制住打开门看看到底是怎么回事的欲望。其实她知道自己到底要什么,她就是想除了透过紫檀花远望一眼后想再近看这个伊沙加长什么样。随后她再也听不到声音了,薇拉·坎迪达便轻轻摆动铁椅子直到把宝宝吵醒,莫妮卡·罗丝突然从梦中惊醒,她常常是这样像是从暴力或茫然的思绪中突然警醒,失去平衡一样伸出双臂大哭起来。

薇拉·坎迪达从她的惊恐中不情愿地回过神来,她眯起眼睛抱起宝宝来到窗口一边轻轻摇晃她,这样她就保证自己在宝宝的大声哭喊中一点也听不到鳕鱼公寓内发生的事情。同时她看见伊沙加由勒妮送出了大门,他走路的姿势有些奇怪,像是很激动很着急的样子。薇拉·坎迪达一边拍着莫妮卡·罗丝一边看着他转过街角,她看见了他的人就叹了口气,除了金发以外,他的眼睛是浅色的,鼻子很直,眉毛颜色很深,面色有些严肃。他在街对面站了下来,从兜里拿出一样东西,那个金属的东西在太阳底下反光晃了薇拉的眼睛。这么看起来像是他在发什么暗号,其实什么也不是,他只是有些困惑地看着手里的东西。薇拉从高处的树叶中看到这个情景感到很满意,她认出了他手中的东西,是一把小勺。她也皱起了眉头,听到姑娘们从花园深处像羊群一样跟着牧羊人勒妮嘻嘻哈哈地回来了。

勒妮建议她们玩纸牌或削土豆皮。薇拉从浓密的紫檀花树叶中清楚地听到了勒妮的声音，而她的眼睛一直没有离开伊沙加，他刚把小勺放回他的帆布裤兜儿里，那帆布一定十分柔软，水洗过的柔软，是男人穿的布料，令薇拉发颤的布料。从她的角度来看，对人的渴望通常就是由一块散发着汗味的蓝布引起，这就足以令她产生窒息的想法了。伊沙加好像知道有人在看他，突然抬起了头，薇拉赶快藏到窗户后面，但还是晚了，他仍然看到了楼上的眼睛以及那张鳕鱼公寓的阴霾使之变得苍白而鬼魅的脸。

薇拉·坎迪达壮着胆又看了一眼，看见他骑上了一辆伟士伯，戴上头盔，她听到摩托车发动的声音后消失在街角。之后生活又恢复到原来的样子，或者仅仅是他来过了。薇拉·坎迪达准备去冷餐厂上班，这是她的第一个工作夜，这对一个曾经捕过飞鱼修补过鱼网的人来说并没什么可怕的，她以为这样的生活会持续一段时间，并没有把伊沙加考虑进去，还有他的执着和偷走的纹饰小勺。

7　鳕鱼公寓的女孩子们对比利小子的文章有何反应

比利小子的文章在鳕鱼公寓引起了骚动,文章的题目是《鳕鱼公寓与来自种族灭绝之经费》。女孩子们暴动了,起先是反对这个告密者,继而是反对考夫曼夫人,最后是反对这两个人。就是说这世界又一次欺骗了她们,这世界真像是一具发臭的尸体。就像罗丝·布斯塔曼特所说的,她们的脑子里全是幻想。

勒妮尽最大努力来维持公寓的正常运转,她试图向她们说明伊沙加写的东西全是假的而且极具侮辱性。考夫曼夫人从来没去过德国,至于说她曾跟一个前纳粹头子结婚更是子虚乌有,而且考夫曼夫人本人的名字就是犹太名字。记者总是编些无中生有的东西来诋毁鳕鱼公寓这个知名而富有成效的机构。她还说:因为这类机构是给受害妇女提供帮助的,所以使得政府部门显得很无能,是不是孩子们?勒妮最后愤怒地说:"伊沙加本来是受雇于她却反咬一口发出这种反动并且仇视妇女的言论,都是些施虐者、暴君。"

《拉荷美里亚独立报》是在此前一个小时由薇拉·坎迪达清晨从冷餐厂下班后从外面带回来的。她在骑士广场上的报亭买了一个巧克力棒和一份周日的报纸,一边读一边慢慢地往鳕鱼公寓走,她读到震惊部分时就猛地站住脚。阳光射在高层建筑最上面的窗户上,屋顶上的鸽子开始咕咕叫,嘴里的焦糖粘住了牙齿而伊沙加的文章刺痛了她的胸膛。她就这样慢慢读着报往前走,一回到鳕鱼公寓便去找勒妮。她敲门的声音如此急促,勒妮不得不马上开了门。薇拉·坎迪达的牙齿还粘着,只顾把报纸伸到对方的鼻子底下含混地说:"快看,快看。"勒妮刚看了一眼就开始大喊大叫,她的叫声惊醒了其他女孩子们,有的一边起床一边抱怨:大星期天的吵什么。之后她们就明白了事情的严重性,她们首先是不相信,之后就把目标对准了仍站在楼道里背着背包、带着固执神情的薇拉·坎迪达。"我十六岁了,别给我来这一套。"她看到了勒妮的歇斯底里就像是目睹了一次动物的大行动,比如说大马哈鱼的迁徙或是灰鹤的爱情游戏。

薇拉·坎迪达不再理会姑娘们的发作,她想,她们肯定又要开始胡说八道了。她回到自己称作鸟笼的房间,这是因为窗户上有铁栅栏而房间的比例是更高而非更长,像是相思鸟的鸟笼,而地上没铺稻草倒是不同寻常,屋顶的装饰线高得几乎看不见,而铺了地砖的地听得见回声,令人想起医院的诊室。小莫妮卡·罗丝睁着眼睛乖乖地躺在铁栏杆床里,不声不响地翻身或眯起眼睛以躲避从树叶间射进来刺了她眼睛的阳光,可惜都不管用,这让薇拉·坎迪达想起被翻转过来的甲壳虫。她拉上了枯萎罂粟花颜色的窗帘,屋子里一下子罩上了一层暖色调。她蹲在女儿的床边抓住她的右手跟她玩,说:"这个地方不会出事。"她知道如果自己还是孤身一人,一定会让无谓的失望袭上心头甚至大哭一场,但女儿的两只小手紧紧地攥住自己的指头并目不转睛地看着自己迫使她无法躺倒等死。她轻轻地笑了，知道自己有极大的愿望为女儿和自己找到一条出路，像鱼鹰和母猴一样本能地活下去。她大声说："你是我的小猴子。"之后她想起伊沙加，她想应该去找他跟他解释说他的文章如何在这里引起了原子弹爆炸式的反应。她想，应该是勒妮去。结果她恨死了这个记者和他的笔名。干嘛不叫湖上的兰斯洛①或是切·格瓦拉②。她还记得他的脸和身影。她最后得出的结论是这人肯定是个傻小子。

她对莫妮卡·罗丝说："我得睡一会儿，我觉得勒妮今天肯定没法照看你。"她脱下衣服把宝宝抱在怀里睡在她的床上，用床单把宝宝先包起来再把四边都压在身子底下，这样莫妮卡·罗丝就不会掉到地砖上摔破头了。她的头枕在枕头上，女儿抓住妈妈的脸把自己的鼻子贴上去。"咱们不管别的。"薇拉·坎迪达说完就听着斑鸠的咕咕声抱紧猴宝宝沉沉睡去了。

---

① Lancelot du Lac：或称兰斯洛爵士，为法国十三世纪一部小说《圆桌骑士》中的一个传奇人物。——译注
② Che Guevara（1928—1967）：阿根廷人，笃信马克思主义理论。后于玻利维亚遭逮捕后处决。——译注

8　不期而遇

那篇文章登出以后的一个星期内,考夫曼夫人既没出她的房间也不让任何人进去。但她也没有上吊,因为勒妮给她放在楼道门前托盘上的水果和鸡肉米饭都吃光了。她的消失与无声无息对鳕鱼公寓的所有姑娘们来说就是自责与默认,尽管勒妮激烈地反驳。

又有其他记者来敲响了鳕鱼公寓的大门。

两个女孩子带着娃娃离开了这里。

勒妮感觉到自己失去了全局的控制,但老女人仍不愿走出她的牢狱。

整栋大楼死一般寂静,只听到小鸟的歌唱和斑鸠翅膀扑动的声音。楼道里也有一些窃窃私语,女孩子们的脚步声也不像以往那样在地砖上拖拖拉拉而是急速地逃跑或跳着悄悄走开。

勒妮面对此种情景异常孤单。

尽管薇拉·坎迪达并没有参与楼道里的窃窃私语,但也于事无补。因为薇拉·坎迪达还有另一件事在犹豫不决,要不要告知罗丝·布斯塔曼特现在她有了一个曾外孙女并告诉她自己一切都好,当然没必要说细节,而且还找到了一份工作,这对于一个很早就离开家乡瓦塔布纳的年轻女子来说是多么不容易。薇拉·坎迪达每两天就梦见一次外祖母,她捕鱼、哭泣、再捕鱼,有时甚至穿着衣裙就跳进水里,水像被子掉进井里一样把衣服打湿沉下去,然后她的身体沉下去把她带进深渊。

她决定给她写信。

罗丝·布斯塔曼特会看信,但自己肯定不会写信,她会给邻居口述帮她回信,或者她根本就不回信。但是对薇拉·坎迪达来说她回不回信也不重要。

她是在伊沙加的爆炸性文章出笼之后的第八天从冷餐厂下班后开始行动的。鳕鱼公寓里的气氛很沉重,厚重得简直像一只奶冻蛋糕,令人想扑上去划一刀打破这个僵局。她先用平静的语气不疾不徐地写了一封直白的长信——我知道自己做了什么傻事,我只在信中描述事件和事实。但这仍然不够,她这么一写看起来像是警察的笔录。只好重新开始,她告诉她说很想她,让她别担心,也不要怪她。她向她道歉,说她很快会回到瓦塔布纳去——但就在她写下这些要回到瓦塔布纳的话的同时她心头就有一阵冷风掠过。她还写了许多温柔的话,比如说你是我最可亲的外祖母,我是你的小甜心和蜜糖。她又跟她讲莫妮卡·罗丝,但只写了一小段,为了节省时间,她说:"我给你寄一张照片,你看她多漂亮,她很像你。"其实并不是这么回事,但薇拉·坎迪达觉得这样写可以让她的外祖母高兴。最后她说:"我得走了,亲你。"她这才意识到,连写信的时候她都在逃避,并试图从外祖母的手中脱离出来。

之后她就出门了,下午两点,鳕鱼公寓像是刚刚遭到屠杀,这是最炽热和最敏感的时间。有个记者正在铁栅栏外守着,不过他是在汽车里睡觉,脚从车窗里伸出来。薇拉·坎迪达把女儿抱紧,在身后轻轻把门关上。然后沿着路边借着楼前的阴凉向前走去。

"咱们去照张照片。"她这么跟孩子解释道。

她知道骑士广场上有一个自动照相的亭子,就在有轨电车车站边。

她今天穿了一件紫色的上衣,是银莲花的颜色,她想这样照片的颜色会很鲜艳;给孩子穿的是粉红色的衣服,一看就知道是个小女孩儿。她还在女儿的耳朵上戴了一朵小布花,结果女儿把花扯下来了,要不是妈妈小心把花收进口袋准备在闪光前的一刹那拿出来放回耳朵上她非得全扯烂不可。

她们来到自动照相亭里坐下来,里面的温度简直能把鸡蛋煮熟。薇拉·坎迪达把孩子放在她的左膝上,用手紧紧围住她的小腰,小女孩儿一只只地掰妈妈的手指头。薇拉·坎迪达用另一只手握着带来准备投入机器的硬币,弯下腰阅读说明指示,一边诅咒着发明这照相机器的人和屁股底下稍微一动就要倾倒的可调节高矮的凳子,与此同时还得左膝一边抖动着当作摇篮时不时柔声地安慰孩子,孩子正好在膝盖上上下下晃动并趁着摇晃的功夫往下滑。薇拉·坎迪达终于找到了投币孔把钱币一个个全投了进去,这之前不知多少次硬币从可恶的机器里掉出来再重新塞进去。她坐好,一只手把花托在孩子的耳朵上,竟也不笑,满脸严肃,孩子仍在继续紧盯着搂住她的手指,最后挣扎得满脸通红。终于照完之后她们躲在照相亭的阴影里等着照片冲洗出来,里面仍然热得像蒸笼。

她们等了好长时间。

宝宝终于不再挣脱，慢慢睡了过去。薇拉·坎迪达每半分钟往外看一眼，掀开布帘看照片是否已掉进机器下面的小方窗内。等了一刻钟什么也没出来，薇拉·坎迪达的紫色上衣已经汗湿透了，像长跑运动员，湿的是两乳之间。孩子在这闷死人的天气中呼呼睡了过去。薇拉·坎迪达从照相亭里走出来，孩子睡着以后的重量是刚才的两倍，她感觉被这机器愚弄了，并觉得周围的居民都从窗户里看到了她的窘相并笑话她，她骂了又骂，最后才无可奈何恨恨地回到鳕鱼公寓自己的楼上，从给外祖母的信上划去写的有关照片的承诺，然后才终于把小家伙放回她凉爽的摇篮中去。

她没能看见伊沙加又称比利小子骑的伟士伯此后一小会儿从广场上驶过，他的脚没沾地就上了人行道来到报摊前，正好从自动照片亭路过，把钱币扔给正在躺椅上打盹的报亭主人，又回到自动照相亭看着机器下面小方窗里正烘干的合影，他弯下腰拿起四张一模一样的照片，盯着上面的两张脸。他感觉有些奇怪，心头却又本能地充满了拘束与悲伤的情绪——不过所有无人认领的照片可能都会引起人们悲伤的情绪。他把照片收进口袋脚蹬了几下油门骑走了。

9　七号线终点

同一天,大概在晚间十点左右,伊沙加又骑着他那患哮喘的伟士伯到骑士广场上转了一圈。然后向自己捕鲸小巷的半地下公寓方向骑去,闻着攀爬在广场房屋楼面紫色叶子花发出的香气,完成了劳累而愉快的一天,感觉一整天蒙了一层灰尘的身子和僵硬的关节都需要一个香甜的睡眠来让自己放松下来。就在此时,他看见有轨电车的车站上坐着他衬衫口袋里照片上的姑娘。他转了一圈,又转了一圈,两圈,三圈,像是在转木马,他目不转睛地看她,然后她就消失了。他转完第一圈时心想,我得停下来把照片还给她。可他就是停不下来,又想,这张脸我好像在什么地方见过。到了第三圈,他想起来了,惊得差点松了摩托车的把手。他心想,上帝,她是那个老纳粹女人那里的女孩子。他回想起当时在紫槿花树叶间看到的那张脸还有她居高临下异常独特的眼神,像是她握有美杜莎①的秘诀:"我要把你变成石头。"

这是第二次巧合。可这样偶遇重合的命运令这两个人

---

① Méduse:希腊神话中的女妖,头上长满了毒蛇的头发。任何直视她的人她都可以念咒使之变成石头。——译注

都要面对一次次相逢的恶作剧,最终的结果是无可挽回的冲突。

当他转完了第三圈再回到车站时她已经不见了,她刚上了电车把前额贴在车窗上闭上眼睛车就开了。伊沙加想追上电车,或者是拍打一下车厢给她做个手势把她弄醒什么的,或在下一站甚至再下一站等她,抑或跟她做个见鬼的手势。结果他一加油他那伟士伯吭哧一下熄了火,伊沙加忿忿地骂了一声,无论怎么使劲启动马达都不响,最后只好无奈放下两脚,本来是急着要跟这女孩儿说"我要还给你照片",但他失去了这个机会,所以突然感到极度的绝望和悲哀,就像是他看见一个大浪扑过来结果自己被困在了一个小海湾里出不去,心想,比利小子你傻透了。自从他把自己的名字从伊罗米努斯改成现在的笔名以后就常常这样称呼自己,这名字是他母亲在奇思妙想的年龄到阿姆斯特丹的一个艺术学院待了几个月以后想出来的怪点子,但他觉得现在这个笔名更适合他。

他仍旧跨着自己的车——看起来像个不会骑车的小年轻,靠近电车时刻表和站名图表牌。坐在站台上的一个女人看着他皱了皱鼻跟旁边的女伴笑话他。因为他是这座城市里唯一戴头盔的人。

电车七号线的终点为工业区。

由于相遇这种事里面有偶然与本能的因素,伊沙加就以自己的衬衫、头盔和他的伟士伯打赌说这长了美杜莎眼睛的女孩儿肯定是坐到终点。可能也是因为这个她才坐在电车的最里边,这样她可以稍微眯一会儿,这些都是他认为她要去工业区的原因。他做了个有理有据的推论,包括偶遇、本能、推论等:如果她这么晚才去工业区一定是为了去上夜班。伊沙加曾经是工会成员——类似于在这个国家不久以前才不再对反对者实施酷刑的那类机构——所以他对法定的夜班时间是很熟悉的。他决定先回家睡几个小时再到工业区去转一圈,他认为那时应该是换班时间。这主意虽很荒唐,但他就是这么个人,这主意一过脑际就感觉非常有理性、很刺激。

他推着伟士伯往回走,走过捕鲸小巷五号的大门,尽量不发出声音,他的房东总是跟他说她知道他每天夜里几点回家。她住一层和二层的房间,把地下室非法租给伊沙加。他把伟士伯在漆树下锁好,那老太太对这树很满意,然后通过侧门回到自己的家。他把闹钟定在四个小时后就扑在床上呼呼大睡过去,脚上的鞋都没来得及脱掉。

闹钟声强劲地响起时,伊沙加感觉脑子里有根针在戳,像是怕有人袭击他猛地翻过身一下子醒了过来。他站起身点燃一支烟,喝杯咖啡,看看外面。他的窗户跟地面是齐平的,从窗户里看出去感觉这世界已经被野草和玫瑰笼盖住了,捕鲸小巷上有盏路灯给花园罩上一层仙女的气氛,灯光下,巨大的荆棘看上去有中国皮影戏的效果。

他勇气倍增:偶遇、本能、推理、决心。

他把伟士伯推出门外打开大门,祈祷他的坐驾能启动起来,一般来说冷却几个小时会有效。他离开捕鲸小巷走远一些,以便在他发动机器时不惊醒女房东给她借口让他交几个星期的惊扰费。在这一系列动作中,伊沙加没有一刻想到要停止行动,也没有一刻想到那电车站的女孩儿会不会怀疑一个男人半夜三更去工业区找一个女孩子只是为了把照片还给她。

伟士伯启动了,伊沙加戴上头盔向自己的目的地驶去。他极度兴奋,头脑十分清醒。

10　比利小子骑士

伊沙加的摩托车在工业区的路上行驶,黑暗的路上他孤身一人。布满灰尘的路很宽像是铺了沙子,路边零零散散地能看到一些工厂的停车场亮着灯,工业区冷冷清清。有那种半死不活的盐矿,而化学工厂的灯光则像是航空基地闪闪发亮。四周模模糊糊的不知是避难者营帐还是茨冈人营地。有些人在盐厂干活,另一些人整天倚靠在栅栏上无所事事。夜色里也分辨得出他们在栅栏后面缓缓移动的身影,说话的声音时远时近。

伊沙加开过这些帐篷来到一家印刷厂前面,从敞开的大门里传来机器声,那里面的人一定热坏了。有些人正在大门外吸烟休息,看得见时隐时现的烟头在闪闪发光。

伊沙加心想,我肯定错过她了。

他慢慢骑着,周围静悄悄,他本来想返回,就在这时他在盐矿那边的路上看见一个身影。他的心在胸膛里急速地跳起来,跳得让他感觉肋骨都痛,甚至感觉心都提到了嗓子眼里。他突突突地骑过去。她是从冷餐厂出来的,周围都是这家厂子的味道,有油炸薯条和洋葱味。伊沙加想着这些味会渗进在这里工作的女工的皮肤和头发里,她们就生活在这种味道里并把它带回家,就像煤矿工人身上的煤灰。

她听见有人走近但并未转身,她走得很快,拖鞋在地上没有发出任何声音,她把包紧紧抱在靠路边土坡一侧以防有人抢劫。他超过她在她五米前面停下摩托车,转身面向她,看见了她的脸。

"漂亮至极。"他用这简短的词来形容。

她先是装作没看见他,最后盯住他但没停下脚步继续赶路。

"我这儿有件您的东西。"他说。

她并没放慢脚步并超过了他。

他戴着头盔从口袋里掏出那四张照片,再推着摩托车赶上薇拉·坎迪达。

"您刚才把这个忘了。"

她继续走,只扭一下头看了眼是什么,以极快的速度抢过照片胡乱塞进包里。

"好,您还给我了。谢谢。"

他感到有些尴尬,把头盔解开摘下来。

她停了下来。

"现在快五点了,我要回家,您要怎么样?"

这时她好像认出他来了,向他的脸凑近,因为他们正好走到一盏路灯下,她惊叫起来:

"您不是那个写鳕鱼公寓坏话的无聊家伙吗?"

说完她又接着走起来。

这家伙好像有个可笑的名字,什么湖上的兰斯洛或蝙蝠侠之类的。

伊沙加跟上她,不管她比他想象得多么不友好,甚至还激怒了他,但至少说上话了。

"我不无聊。"他反驳说。

她猛地站住了:

"那老女人年轻的时候跟纳粹结过婚对我们的现在来说有什么关系?"

"这太重要了。"

"一点也不。对我们来说,重要的是在暴风雨中有个落脚的地方并受到保护。"

他点了点头,但还是忍不住说道:

"我来奏乐?"

"傻小子。"

这个回答让伊沙加一下子肃然起敬,这女孩儿半夜三更独自在荒无一人的路上走,还敢把这个跟着她的家伙称作傻小子。她又开始走了起来,他还是跟着她。

"您态度不好。"他说。

"滚开。"

她又停了下来。

"我不知道您到底要干什么,但是如果您希望跟我谈论那老女人,您就打错了主意。我到那儿的时间不长,我跟谁都不说话,而且我很快就要搬走了。"

"那现在您要去哪里?"

"去车站。"

"您要愿意我带您过去。"

看她没回答他又说:

"我可以送您去车站或一直送到城里。我只有一个头盔,不过我可以借给您用。"他差点说,你要愿意我可以带你去天涯海角,但这样说有点太早,所以后面就简化了。

他在她眼里看见一点点嘲讽的意思,这样一来敌对的情绪就荡然无存了。大家都因为这顶头盔而嘲笑他。

她皱了皱眉说:

"如果我坐在您身后,您会闻到炸鱼和熟奶酪味。"

黎明从海边露出曙光,听得见海鸥飞往垃圾场的声音。还有一只乌鸦在叫,鸟儿们都醒了。路边的土坡后也有点声音,可能是河狸或石貂吧。伊沙加看着女孩子的脸和犹豫不决的眼睛还有她重重的眉毛以及她上唇一层薄薄的汗毛。所有这些都毫无任何道理地令他心疼,至今为止,他一直想象着等待他的女人是个外向、金发和比他年长的人,会令他想到花——比如牡丹花或香豌豆。他耸了耸肩戴上头盔,因为她不愿意戴,她也一言不发地上了后座,却绝不会抱住他,只是夹紧双腿和双肘自己掌握平衡。

11 像柳藤般嘎嘎作响的鞋子

有不少上了年纪的女人或年轻未婚女人在这家冷餐厂工作。前者不再有男人也没有孩子,她们都住在城里狭窄的公寓房里跟别人共用厨房。一般来说,男人不愿自己的女人在别人都要去上班的时候才回到家,这样会出问题。所以结了婚的女人最后终究要放弃这份工作。

但这里的气氛比鳕鱼公寓要好多了,虽然大家不能在生产线上谈话,但到了更衣室就会开开玩笑,交换些糖果或是当红歌手的磁带或是她们录下电视里的电视剧磁带。她们穿上白色的纸制服:帽子、工作服、鞋子和手套,她们在消毒时还叽叽喳喳的,一进入工作间为了保持工作节奏就一言不发直到几个小时以后才休息一刻钟。有时候如果有女工来上班时累得直不起腰或无精打采,总有有经验的老手一人干两人的活儿。

薇拉·坎迪达喜欢这个地方,工作环境是辛苦一点,但能拿到周工资对她来说已经是奇迹了。这里很安静,不会有人提些她必须回答的问题,也没有人仗势欺人,而她的不言不语也不会被视为不当的自我封闭。别人开玩笑时她也会笑,她倾听她们的抱怨:丈夫、母亲、孩子、劳累、新的工头等等,她在这个贴了瓷砖和墙纸的环境里感觉自己很安全。

这天夜里她出来得较晚，因为她去了两次厕所新工头要求她加班二十分钟。"你来例假了？"他这么问，她没回答。

"别随便答应。"女工们这么跟她说。

但薇拉·坎迪达也看不出除了离开这个地方还会有什么别的办法能够反抗这种人的压迫。

"有人来接你？"有个女孩走向更衣室时路过她身边问她。这女孩有辆车，常常把同事带到车站或送到城里。薇拉·坎迪达没想到她这么问就摇摇头说："没有。"为了感谢这个女孩子，她恨不得扑上去亲吻她。而女孩儿只耸了下肩摆摆手，然后大家全都走掉了。

薇拉·坎迪达多干了二十分钟，到更衣室换完衣服走出工厂。她在黑暗中向车站走去，第一趟火车在一个小时以后从这儿过，而电车则要等三个小时。

当她听见身后的路上有摩托车的声音时很快就明白骑车人是冲她而来。薇拉·坎迪达看到摩托车停在前面不远处时感觉血液都凝固了，可以说她血管里流的是冰块。尽管疲惫不堪但她仍时刻提防小心谨慎，她感觉走在一条像洛可可式闪闪发光的路上，她自己则像塑料珍珠项链般被衬托得一清二楚而不堪一击。她心想，我比他跑得快。我总是比别人跑得快。她又想，我真应该穿球鞋。如果这次我能逃掉，以后夜里出来一定要穿球鞋。

她的拖板鞋上的带子像柳藤筐一样嘎吱作响，她感觉在这静谧的夜间只听得见这个声音。除了有她鞋子的嘎吱声，也有在矮树丛里找食吃的小虫声。

她想，他的头上还戴着头盔，我比他走得快。

她一再给自己打气:"我以前见过这类人。"

因此她超过他时就盯着他的眼睛看。她想说的是:"我不怕,我不怕,我就是不怕。"

"我这儿有件您的东西。"他说。

他的声音里一点也听不出来有任何不怀好意的图谋,他语调的平和完全可以让薇拉·坎迪达感到安全,但却只引起了她的怀疑。她记得外祖母罗丝·布斯塔曼特总跟她说:"如果一个男人给你糖吃或是让你上他的卡车带你一段路,你一定要大喊大叫。"这类建议到底有什么用处?在瓦塔布纳的山坡上她需要的时候就没起作用,她完全可以叫得震天响却不会有人来救她;这里也是一样,就算她大喊大叫又有谁能来救她呢?

当她终于明白他手上拿的不过是今天下午几个小时前照的照片,她便感觉被强暴了一样。像是她回到家发现家门大开而所有被盗的东西都是她的香水和内衣。

她从他手中把照片抢了过来看也没看就塞进包里,由于他一再坚持,她就又冲拿着头盔的男人看了一眼,结果认出了他:"上帝,这不是那可恶的记者吗?"她一边继续走路一边细细观察他。这本是不容易的,但薇拉·坎迪达通常可以把不易做的事情交织在一起。她发现"他的嘴上有个兔唇疤",但是不是这个伤疤令她想起另一个世界的男人呢?其实他的行为非常不合时宜,土气和魅力掺杂在一起,总之与现代人极不相称。这个伤疤令她想起她村子里那些唇裂的老家伙。他还继续问些问题骚扰她,正好跟她刚刚想起的上个世纪的男人很相像,一个有毅力、心细和脸上带伤疤的男人。之后她又想她这么想象一个过时的男人之所以进入她的脑际是不是因为他看起来有三十五岁，对她来说这无异于满头灰白的头发。之后她说了个很长的句子，她好长时间没有这样说话了：

"一点也不。对我们来说，重要的是在暴风雨中有个落脚的地方并受到保护。"

她真想收回她刚说的话，因为他在笑话她。她突然感到一阵疲惫，却不愿表现出来。她甚至想一屁股坐在土坡上等着天亮，如果这家伙愿意跟她一起等的话也未尝不可，好吧，他可以留下来陪她只是别这样说话，她知道最终会接受他去送她，因为他的声音里还是有些温柔的东西，他一定是那类送女孩子红花的人，哪怕最终他是个坏人。"什么？！你相信他了？他这是拿你开心哪……"不过他的那种嘲笑她并不以为然，她累得真想在他面前一下子泄了气。"我要晕倒了。"她差点这么跟他说。而他就选中了这个时刻建议送她到车站，所以她就接受了，尽管她握紧了自己的小拳头，但也是一步也走不动了，哈哈，就是为了不让自己表现出来。"需要的时候就得接受。"罗丝·布斯塔曼特这么说过，而眼下需要的就是不再走路而让他送到车站去。就是坐在这男人的身后，呼吸着吹拂头发的海风，从此不再感到威胁。

12　无赖赎罪

伊沙加并不想仓促做出什么决定，但自此以后除了她便什么都不想。他希望她能够给自己介绍她的女儿，他希望他曾发表的文章不要让她受到干扰和难堪；他希望帮助她，给她找到一个公寓和不需要在冷餐厂上夜班的工作。他还希望她原谅一切，哪怕他并不知道她到底哪方面受了伤害。他倒是有个模糊而可怖的大致想法，不过当他回到半地下室租处躺在自己的床上睡不着而想着薇拉·坎迪达时，这个想法却让自己咧了下嘴，而且说到底原谅自己不曾做过的坏事也不容易。当然，伊沙加认为对于一切有丑恶行为的坏人来说让他们受到惩罚一点也不过分。

自从写了关于鳕鱼公寓的文章发表以来，国安部曾召见过伊沙加。有个组织叫做CAPA，可以解释为"军事反抗委员会"、"损害他人能力"或"非便利领域"均可以，是由当地原老游击队员组成并且使用他们那个年代的老办法，不是在海湾建水泥碉堡就是在浴缸里使用电极。为了制造些好名声，CAPA要保护那些悔改和饶舌的妓女，还有那些把看不惯的邻居从窗户里扔出去的人，这些邻居在商业上总做手脚或是以卖鲨鱼皮、造假币、卖肾等方式东捞西赚，甚至在超级市场里插队。

在拉荷美里亚,人们有权赎罪。

CAPA 会监视人们的赎罪,用乌兹冲锋枪和防弹汽车。

伊沙加面对面地撞上过他们几次,一般来说只要尽量不让他们看见,等着他们去管别人就能过关。伊沙加通过观察发现,妇女总是承受一切痛苦,而他对有些妇女来说就像是白马王子类的人物,其他人则视他为魔鬼,说他根本什么也不明白,世界就是这么运行的而且还将继续这样运行下去等等。CAPA 一直在监视他,要保证所谓的道德秩序,还要试图了解伊沙加的行为,他到底为谁工作,作为那篇揭露文章的作者他到底想达到什么目的,他是否受贿赂,他成名后是否控制起来更加不便,他会成为他们的敌方还是友方等等。伊沙加也感觉到自从他揭露了那纳粹老女人以来这边有些蠢蠢欲动,肯定是因为她在自己生命动荡的某个时段里用哪个活动家的名字换得了自己的安宁。但伊沙加与薇拉·坎迪达的相遇占据了他的全部思维以致把这个 CAPA 忘得一干二净。

他有生以来还从未有过这种难以克制的念头:他实实在在每天晚上都梦见薇拉·坎迪达。她没说过她是从哪里来的,也没说是什么原因使她来到此地,甚至有关她自己什么都没说,只是告诉了他她女儿的名字。

伊沙加很容易陷入恋爱甚至这种情况每天可以有四次,有时更多。因为这个城市里的漂亮姑娘多得令他痛苦但也让他体会到环境的温馨。伊沙加快三十五岁了,他以为足够了解自己,知道自己是公认的单身族,他的心具有花花公子般见异思迁的倾向,而他又是这么多愁善感有时不得不在黑市上买些药来吞下去。但他得继续干自己的职业只要人家还没把他惹火、CAPA 也还没向他施展报复手段。

他每天都收到大量的女读者来信说她们如何欣赏他的工作而且这样的工作改善了她们的生活,她们还向他抱怨说丈夫们有时会打她们,通常是每周六——不知每周的第六天是否与夫妻暴力有关;她们诉说自己多么无聊、多么筋疲力尽、多么无望,杂志上登的和广播里播放的都跟她们没多大关系,而且她们的孩子也嘲笑她们,所以除了伊沙加以外没人能够理解她们,有的人甚至要求跟他约会。但一想到要跟其中一个感激他的女读者见面就令他打冷战。每天早上他的编辑给他送来大批信件跟他说:"给爱慕你的女读者回信吧。"伊沙加回答说:"雷蒙多,那你得给我安排一名秘书。"老板说:"只要你能在这些读者里挑出一个我就雇她。"有时他还加一句:"这事最终要以枪击事件收尾。肯定有一个女读者要来见你,她给予你太多的信任而你对她的态度总是这么居高临下拒不回复,她只好干掉你。"

伊沙加叹口气只好遵从。

就在他见到薇拉·坎迪达的第二天他给鳕鱼公寓打电话。当然他不会说自己是谁,接电话的是个有男人声音的女人,一开始他称为"先生",她修正说"请称小姐"。他说想找薇拉·坎迪达,向她提议晚上去接她送她去上班。一般来说他总是坐在报社办公室电脑前写东西,但他理不出头绪,他已经有过四十二次给薇拉·坎迪达打电话的念头,之后他给自己一个时限,下午三点之前一定要打,然后他就死盯着自己的表。这比无休止的犹豫不决还难受:"我打吗?"之后是:"不,我现在不打。"

与薇拉·坎迪达的通话并不顺利,像是跟一个很小的小孩子或是跟一个从来没打过电话的人说话。

"我想跟薇拉·坎迪达通话。"他跟那个男中音说。

"薇拉·坎迪达?"她一直采取怀疑的口吻,她似乎认为薇拉·坎迪达不应该收到这样类似卖淫或不三不四男人的电话。

"好。"

勒妮去叫薇拉·坎迪达,电话里听到高跟鞋在楼道里的声音。他以为会听到钥匙的叮当声,因为他没法不把鳕鱼公寓跟监狱相联系。

"喂?"薇拉·坎迪达回应。

"我是伊沙加。"伊沙加小声说,怕鳕鱼公寓的人听到,好像薇拉·坎迪达把电话接在了大喇叭上好让所有的人都听到她在跟一个敌人通话。

"噢。"她只简单地说。他不知道她是失望还是成心装作一个不成熟少女的样子。

"你那边还好吧?"

"还好。"

"没人跟你捣乱?小家伙还好吧?那老女人还没出来?"

"没,好,没。"

"什么没好没?"

"我按顺序回答你的问题。"

"你要愿意我去接你送你上班。我完事了,我正在写一个含水层污染的话题,但快写完了……"其实他还在努力。

"噢。"

"大家都知道水渠里的水被污染过但没人采取行动。他们建了居民房就直接从水渠里抽污染过的水……"

"……"

"你旁边有人？"

"没有没有。"

"我一会儿过去？"

"好的。"

于是他就过去接她。他把车停在另一条街上以避开似乎永远驻扎在鳕鱼公寓门前的CAPA的车，里面还有两个人。记者们已经不来了，但CAPA的人仍不放弃。伊沙加在晚间的闷热中等待，专心致志得直出汗，感觉热气从地底下冒上来，合欢树上微小而凶猛的蚊子在他的脸周围飞来飞去，挥挥手赶走一些但随后比刚才数量更多的蚊虫再飞过来，就像是团有松紧的密集星云团变幻着队形争先恐后地扑过来。薇拉·坎迪达出来了，伊沙加看见她走过来，虽喜欢她的身材却强迫自己不多看，现在他只专心于表现出固执的外表而不显出他狂跳的心——他真实感觉到自己的心在嗓子眼里上下跳动，像是马上要跳出来了，而他需要极大的毅力才能使它待在原处。他心想，她的脸漂亮极了，为什么会让我想起某些神圣的东西呢？他觉得她高雅而娇嫩，而且他还买了认为很像她的花，他并没有送给她，只是插在花瓶里放在自家的窗台上。当然是鲜红色的，他一动不动地站在那里欣赏，像是要弄明白薇拉·坎迪达身上具备什么样的聪明才智。薇拉·坎迪达骑上了他的伟士伯，把包夹在身上双腿夹紧摩托车他们就骑走了。她不怎么说话，伊沙加骑车也能聊天，他向她尽量扭过头大声说话，能感觉到她在听他说点头但并不回答，他感觉如果自己不说话双方的关系就结束了。

两个星期之后，他能够一直等到晚上五点才打电话。

"一切都好吗？莫妮卡·罗丝睡好了吗？老女人还在吗？"

"好，是，不。"

"什么不？老女人不在了？"

"勒妮今天早上去的时候看见盘子里什么也没动。"

"盘子？"

"勒妮在她的房门口每天放些东西给她吃。"

"从一开始就这样？"

"从那篇文章开始。"

"后来呢？"

"后来就是盘子没动，老女人走了。"

"你们进去看了？"

"勒妮先进去了，然后我们也进去了。"

"噢！你们进到那老女人的房间里了？里面有什么？"

"好多东西。勒妮现在全封起来了。"

"她是怎么走的？"

"好像是从房间的窗户。"

"不可能。"

"是。"

"我现在来接你，你跟我细讲。"

13　消失的老姑娘

勒妮费了好大劲想说服女孩子们不要进入考夫曼老夫人的房间，但她没法抑制住她们的好奇心。她当时没太当心就把没动过的托盘拿进厨房说："不知道大小姐去哪儿了。"她有时就这么叫她。当时厨房里就炸了锅。勒妮把自己关进老女人的办公室去寻找她是怎么从这儿消失时，鳕鱼公寓的女孩子们就在楼道里等。她一出来女孩们就向她提了无数的问题，她们作出被人抛弃的可怜小猫的样子，说她们并不傻，而且人数众多，说一下子就看出来勒妮是孤伶伶的一个人在面对那考夫曼老夫人的失踪的困境。勒妮完全不知所措，侧身站在门口让她们鱼贯而入，任由她们乱来甚至进入了老女人的卧室里，她并没有真正允许她们进去却只是由着她们的性子。勒妮双眼发呆现出疑惑的神情，她也有被抛弃的感觉，表面上作出妥协令女孩子们感到有机可乘并趁机一涌而入老女人的房间。

她们在房间里到处巡视东张西望，后来干脆翻箱倒柜。"怎么跟丽兹酒店的客房似的。""要不就是老鸨的房间。""这儿肯定能找到珠宝。"她们就这么乱哄哄发出叽叽喳喳的声音，把楼道另一边的薇拉·坎迪达吵醒了。她几个小时之前刚回来，趁莫妮卡·罗丝在房间里的小围栏里玩的功夫睡一觉。

薇拉·坎迪达打开房门看见了勒妮，她正靠着楼道的墙壁穿着高跟鞋单腿站着发呆，像是在长满了仙人掌的沙漠中间失去了方向。

"出了什么事？"薇拉·坎迪达问。

"考夫曼夫人走了。"勒妮回答。

她又补充说：

"她会回来的。"

说完这句话她似乎意识到如果情况是这样的话就得赶快制止那些狼崽子们继续在房间里胡闹拿东西，于是她立刻返回房间。

薇拉·坎迪达一边向那边走一边想，这一切都是我的错，因为我跟那个伊沙加来往，是他让人把老女人抓走的，他利用了我，我喜欢他但是我恨我喜欢他。她听见女儿在叫唤就转回身把孩子抱起来再到老女人的公寓房里。

女孩子们像是饿狼一般，她们找到了酒和巧克力，还有一个女孩子带上了她的儿子，那孩子在地毯上爬着留下黑色的印子。勒妮说："小姐们，亲爱的孩子们，请你们出去吧。"女孩子们回嘴说："勒妮，再让我们多待一分钟嘛，我们还从来没来过这儿。"

薇拉·坎迪达走进办公室环顾了一下四周，左边的墙上有一个书架，使她想起詹姆斯·邦德[①]和藏在热带地区的纳粹。她心想，我敢肯定这里有一个秘密通道。她寻思着应该抽哪本

[①] James Bond：为英国文学及影视作品中代号为007的情报人员。——译注

书才能找到打开地下入口的机关。

　　与此同时,其他的女孩子试戴各处搜罗出来的珠宝在炫耀。薇拉·坎迪达心想,如果那老女人是自愿走的,她一定会带上这些珠宝。墙上还挂着许多幅油画,薇拉·坎迪达又想,我为什么总是比别人冷静?其中一幅画画的是清晨河边的树阴。她站在这幅画面前盯着看,孩子在她身上扭来扭去想下地去跟别的孩子在地毯上滚着玩。

　　薇拉·坎迪达离开办公室来到卧室看了一眼,墙上还有一幅弗里达·卡罗[①]的自画像,谁知道为什么。薇拉·坎迪达知道弗里达·卡罗是因为她外祖母的杂志上有时会提到她,讲到她一生坎坷的命运以及她热烈的爱情,她认出了她的一字眉和女沙皇的发型。还有一个大肚花瓶里面盛满了臭水,屋里弥漫的沼泽臭气正是来自于此,里面插的黄花也枯萎了。柜子上带线脚槽的镜框里有许多照片,有一张老女人年轻时的照片,又年轻又苗条,站在一只大黑狗旁边———只大得像地狱般的黑狗;有一张她坐在一个站得笔直的男人身边,他的手放在她肩头上,但显得很僵硬,尽管穿着漂亮的军服,却像是他对照相这种事根本不屑一顾;还有一张不再年轻的老女人从一个小胡子手里接过奖章,奖章还在盒子里,他们两人的四只手都放在盒子上像是在争夺,那男人有点像墨西哥人,微笑着看着镜头,令人不安的细细的小胡子下面露出白色的门牙和虎牙。照片上能看见热带植物长得很茂盛,像是无法控制叶子的疯长,

---

[①] Frida Kahlo(1907—1954):墨西哥女画家,擅长画女性题材。——译注

像是它们也要见证这老女人从这带毒枭笑容的小胡子手里接受奖章这一历史时刻。

那张床是卧室里最引人注目的地方，这么大的一张精雕细作的床要说是糖制的也不过分，一张宽大的天盖从顶上落下来，所有的一切都由一块上面缀满了无数微小的玫瑰花布所笼罩，一个床罩上布满这么多朵花简直匪夷所思。

一个女孩找出一件制服穿上，还套上了皮靴和大檐帽，靴子太小，她尖叫起来："纳粹丈夫的个子太矮。"女孩子们看见勒妮都快急疯了，于是一齐唱起来："纳粹丈夫的个子太矮。"薇拉·坎迪达不知为什么考夫曼夫人会把这种制服带到这里来，她想，这不造成既成事实了吗？这对勒妮的打击太大了，她大叫着把女孩子们赶了出去。薇拉·坎迪达这才注意到伊沙加在他的文章里说的并不全是废话，她有点放心了，而她的放心又使她沮丧。勒妮把尖叫的女孩子们往楼道里推，她们反抗着，抓起放在橱柜上的东西，她们互相推搡着、责备着、扔着，直到她们看到勒妮哭了出来才不再乱来，全部走出房间让勒妮锁上房门，走之前还不忘安慰了一下勒妮。薇拉·坎迪达站在楼道里发愣，她想起外祖母罗丝·布斯塔曼特说过的话："在现实生活中，你不一定什么都明白。生活没有说明书，你得自己想办法作出选择。"

14　晚间龙舌兰酒及美丽的云彩

"你对那老女人的出走怎么看?"
"我?才不在乎。"

伊沙加带薇拉·坎迪达到市中心由墨西哥人在阴凉底下开的一家低档小饭馆里吃饭。这地方是在几栋楼的中间空地上开的,这里有自产的龙舌兰酒,喝了以后能把人从头到脚都烧个透。薇拉·坎迪达要了一杯柠檬汁,手里转着杯子,有点心不在焉,黄色的塑料杯是个光着身子的年轻女人。她抬起头来直直地看着伊沙加让他知道自己并不是乱说。

"我觉得你需要另找个地方跟莫妮卡·罗丝单独生活。"伊沙加接着说,也不知道为什么自己这么早就说这个话题,其实他事先确实没有做任何准备不要让薇拉·坎迪达感觉他在紧盯不放。

但她又把注意力转到吸管上和那个黄色塑料杯子上的裸体女人。

"问题在于夜里得找到人看她。"她轻轻地说。
"肯定能找到办法。"

他差点没跟她说:"到我的地下室去吧。莫妮卡·罗丝可以跟我一起睡你肯定会找到另一份工作我们周日一起去植物园我带你去从没去过的地方用晚餐找人看着孩子我会等着你长成人你再去学习然后你可以在我的书桌上学习我晚上回家后吻你的脖子你再冲我笑那时你就变成一个美丽的妇人我会每天早上告诉你跟你在一起变老是多么美好的事情。"

　　薇拉·坎迪达突然站了起来。"我们走吧？"她说。

15 情感混乱

伊沙加的编辑雷蒙多让他去采访穿红长袍并主张禁止妇女工作的一个宗派小团体。"谁来替她们做家务?"这是他们的口号,其实本来没什么人会关心这事。不过他们跑到市中心去游行,脖子缩在红袍子里面,脸也是遮住的,身子前后挂些个牌子像一些人肉三明治随随便便来回走,还打扮成电视台女主播和她们丫鬟装扮的丈夫,尽管扮得并不真但意思表达出来了。

伊沙加做了上司要他做的事,既责任重大又没大意思,他更愿意去调查老考夫曼的失踪案,但他知道雷蒙多——多年来已成为他的朋友,会建议他远离这件事。他还是不停地想薇拉·坎迪达,这已成为他与世隔绝的一种办法。"我爱这个女孩儿。"这个想法让他神不守舍,竟然让他患了紧张症,没有饥饿感,不再勃起,集中不起精神。

不久后的一天晚上,她对他说:"明天是我的生日。"

于是他带她去城里用晚餐。他对她说:"带上你女儿。"但她拒绝了:"只要我还在鳕鱼公寓住就会有人照管她。"他心想,为什么她不愿意给我看她的女儿呢?他想象着小姑娘可能长得丑或有什么缺陷,可他明明记得在照片上见过她,他想不起来她的脸,而且他认为不到一定年龄孩子们是没有脸的。他只好承认:她好像没毛病。

他带她去的是一家素菜馆,还告诉她他认为男人吃红肉会变得凶狠,他做好了心理准备一晚上滔滔不绝地跟她说话。她有礼貌地听他讲话,随后说:

"我敢肯定你根本不知道我有多大而你希望明天我就成人如此你就可以毫无顾忌地跟我做爱。"

他十分悲哀地看着她,她只好继续说下去:

"明天我只有十七岁,但是如果你愿意做我也不反对。"

他没回答。他吃豆腐,喝胡萝卜汁,再把她送回鳕鱼公寓——这天晚上她不工作——然后就决定再也不见她了。他送她到玉兰树旁边的栅栏前,那玉兰树苍白得像是在发出磷光。他只向她做了个小手势就走开了。之后他又进城喝了点啤酒以便忘记薇拉·坎迪达,忘记她完美的身段和她的冷漠。

16　未来街的住宅

伊沙加没再去接薇拉·坎迪达。薇拉只能作出结论:"这是个混蛋。"

老女人一直没回来,勒妮渐渐让人认为她是被CAPA带走了,说所有这些都是由于那篇造谣中伤无中生有的文章引起的,而且当初她应该要求作出解释,就算可能得不到,不管怎么说也应该蔑视这篇文章,不过现在老女人失踪了一切也就没了着落。

勒妮一筹莫展。

也就是在这时发生了一件事。冷餐厂的一名女工,四十岁单身的玛丽娅在冷餐厂工作了十二年,因长得一头乌黑长发而高傲不羁,为了不招惹工头的麻烦她把头发全拢在一个发网里。那天她问薇拉·坎迪达住在什么地方,当她知道就是考夫曼夫人的公寓时便提了无数的问题。她读过伊沙加的文章,因为她读所有比利小子的文章,所以想得到更多有关那老女人如何对待女孩子们的细节。薇拉·坎迪达没什么好说的,那女人于是有点失望,但仍给她提供了一条信息:在她居住的那栋楼里有一间房子空出来了。那是一个低租金宿舍楼,厨房和卫生间都是公用的,在那里薇拉·坎迪达可以很容易找到一个照管莫妮卡·罗丝的人。那女人跟她谈这件事的时候她们两个都在换工作服,薇拉·坎迪达不可抑制地在整个工作期间梦想这件事会给她带来的新生活,而且这个机会能够让她摆脱鳕鱼公寓压抑的气氛。

那栋楼坐落在未来街三十号,薇拉·坎迪达从名字里看到了吉祥的征兆:未来的好日子。

这栋住宅前面有一个很像是茨冈人踢球用的很大的沙地院子,四层楼每层都有连体阳台,上面长了些绿色植物还堆了些乱七八糟的东西,自行车和塑料盆什么的。阳台用细细的金属柱子撑着,像是病鸟的细腿。薇拉·坎迪达心想,我和女儿会在这儿过得不错。她转向陪她来看房子的女人向她大声说出了自己心里的想法。玛丽娅笑着告诉她房租是多少,在薇拉·坎迪达看来价格低得出奇,但其实她对此没有什么经验,所以也就没表现出来怕人把她当傻子。后来玛丽娅告诉她说听到房租后她的脸一下子变得苍白两眼乱翻,吓得玛丽娅以为她会晕过去。但当时薇拉·坎迪达认定自己极为有效地掩饰了自己的无知。

玛丽娅带她来到最高一层,打开她新窝的门。玛丽娅跟房东关系不错,所以有些未来街的房客对她兼有敌意和敬意,无论如何她有空房的钥匙也不是什么荒唐的事,有人说她利用空房白天接客再把生意中的一部分钱转送给房东。不过人们很容易编排单身女人的是是非非尤其她还有着一头乌黑发亮的长发。

这房间有阵子没人住了,或是里面没什么人味甚至有股马厩味,反正是咸咸的令人窒息的味道和夜壶的尿臊味。房门对面的墙上有扇窗户,所以说如果不是目前这个状态本来有可能是很抢手的房子。因为顶楼上的房间不一定都有窗户,因此大多数情况下通向阳台的门就总是敞开着。

"得打开门窗透透气好好打扫一下。"玛丽娅一边打开窗户一边说,"我会来帮你。如果你能把它打扫得令房东满意他可以免除你第一个月的房租。美人,你觉得怎样?"

薇拉·坎迪达笑着点了点头。

"只有在这个时候,"玛丽娅狂喜道,"我才看见薇拉·坎迪达笑。这世界上活着的人还从来没见你笑过吧?"

薇拉·坎迪达皱起眉头仰脸看未来街三十号的天空,拉荷美里亚天上飞着雨燕,她想起她的母亲维奥莱特·布斯塔曼特以及森林里的蚂蚁在她脸上爬出的道子,然后她又想起外祖母罗丝·布斯塔曼特,突然感到这个清晨有那么一会儿开心的时刻却仍带给她如此多的忧伤,有一根针在扎她的心使她的脸扭曲了一下,她现在感到有罪和负疚,只好把痛苦临时藏到心的一个小角落里,不致哭倒在美丽的玛丽娅怀里。

回到鳕鱼公寓,她匆匆收拾东西就想溜掉,因为到目前为止薇拉·坎迪达总是匆匆地溜之大吉。她不得不跟自己的恶习作对,拾起勇气把自己的东西收拾成一个可以拿走的大包放在房间门口,抱起孩子去敲勒妮的门。她对她说:"我走了,我给莫妮卡·罗丝和我自己找到了一个住处。好,现在我可以自立了,谢谢勒妮对我们的照顾。"勒妮将她抱进怀里,她哭了,让她保证时常回来看她,又亲了亲宝宝,就在她松开手时对她说:"我希望你不再跟那个混蛋记者在一起。"薇拉·坎迪达感到自己脸红了,因为她的额头和两颊热得发烫。她只喃喃地说了句"你说谁呀"就离开了勒妮。她回到房间拿了自己的包袱几乎是跑过箭鱼石膏装饰的大门来到楼下,她轻轻地打开铁栅门再轻轻地关上,像是安抚什么人的怒火。

　　她尽量快地赶到广场,悄悄地跟女儿说着什么,可能是歌谣或是摇篮曲,其实只是列举了她要马上做的事,打扫新房间,找到一块地毯好盖住地砖上令人难堪的污迹,再找个床垫供她和莫妮卡·罗丝睡觉,问那个匈牙利老阿姨,也就是她的新邻居愿不愿意帮她夜里看孩子,跟她一起吃她刚才建议的匈牙利烩牛肉,需要的时候给她钱。

17　伊沙加的梦

母亲去冷餐厂做工时，莫妮卡·罗丝在未来街三十号匈牙利阿姨家过了第一个夜晚。正是这个晚上，伊沙加在他捕鲸小巷的半地下室梦到了一个出租车司机。他梦见自己坐在出租车的后座上，像是喝了酒或是极度疲劳精神恍惚却努力睁着眼睛——与疲劳作斗争是频繁出现在他梦境里的情况。是一个夜里，出租车正穿过伊沙加不认识的一座城市，他也不记得自己最终要去哪里，他心想上车以后一定是塞给过司机一张纸条，因为司机似乎非常清楚要把他带到哪里。他们开过一个工业区后就进入沙漠地带。伊沙加开始怀疑他们究竟去什么地方，他想说什么但舌头肿大把嘴都占满了，所以他一句清晰的话也说不出来。他只好努力去看司机在反光镜中的脸但却怎么也看不清楚，就好像头疼欲裂把视觉中心变得一团云雾模模糊糊，而这团云雾就位于瞳孔的中央，无论往哪里看它都紧紧跟着。伊沙加又想拍他的肩膀，想方设法让他注意到自己，可他的全身沉重得令他根本什么都做不成。出租车在沙漠中高速行驶，车灯打到的地方似乎是一条路，旁边还能看到仙人掌或干草球之类的东西，远处有野兽红红的眼睛。

出租车开得越来越快，路上全是石子，伊沙加必须紧紧抓住后座扶手才能避免自己的身体撞来撞去。突然他听到车子下面有一声闷响,伊沙加想肯定是撞到了一匹狼。司机猛地停下车打开门,伊沙加感到一股冰冷的汗水顺着鼻梁流下来弄湿了他的上唇。司机出去了,大灯仍开着,这情景令人想到一艘太空船在宇宙无边的黑夜中遇险。司机在汽车周围转了一圈,又弯下腰查看车底,随后就离开了光照区域。

　　伊沙加等了一会儿身子终于能动了,他的手伸向门把手时看见自己的皮肤是黑色的。他心想,这梦真奇怪,我还从来没梦见过变成黑人。他想在反光镜里看自己的脸,但还是放弃了,因为下出租车对他来说已经艰难无比。他把脚伸到车外,看见自己黑色的脚踝从裤腿里伸出来且听到沙漠里的声音。他试图猜测出租车司机是不是还在附近,可他听见的只是远处黑暗中野兽的叫声及鸟兽们在车灯里像撕纸般啐啐的翅膀扇动声。他围着出租车走了一圈最后在后车厢前停了下来,后车灯像两只红红的眼睛。他安慰自己:"不过是停车灯。"他想打开车厢,试了几次才打开车厢盖。起先他什么也没看见,后来慢慢适应了车厢里微弱的光线才看见一具被勒死的尸体捆绑蜷缩在里面,他看见满是血迹或是泥水的裙子,可怎么会是泥水呢? 他还看见尸体腿上的青斑和血手指印。他想,妈的,现在我在各处都留下了指印。

　　梦到这里他醒了过来。

18 独居者酒馆行动

当他们来找伊沙加时，他正在住处后面的独居者酒馆喝啤酒。这里总有公鸡或狗的争斗声，里面还有个台球桌。伊沙加不会玩台球也从来不赌钱但他是那类喜欢看别人、对某些事极为投入的人，比如他喜欢观察港口的渔民，喜欢在骑士广场站在人家身后看玩牌或是在同一处看坐在长椅上一边聊天一边绣花边的全身穿黑衣的老人。

伊沙加并没注意到有人进来，过了一会儿他才看见有两个人冲他走过来。他注意到另外两个在把着门，还有一个守着厕所像是怕人逃跑。走向伊沙加的两个人比较瘦弱，但他们腰上佩带的357沙漠之鹰①却令他们威力倍增。那两个守门的加在一起恐怕得有三百公斤，不过也没人会想起来让他们两人同时上秤。他们戴着皮手套和太阳镜，像是有茶色玻璃的防弹汽车。伊沙加心想，糟了，糟了，糟了。他搜索着记忆里CAPA是否会把对方的牙齿全打掉。他又想，我是记者，他们不敢。这不过是他的大脑迅速向他输送保险信息以防他立即完全失控。音乐声像是小了，其中一人转身向酒吧老板示意他将身子

---

① Le 357 Magnum：为一种半自动手枪，357为口径。——译注

从吧台上侧过来小声对他说：

"一切正常？"

"一切正常。"

"没问题？"

"没。"

所有的人都屏住了呼吸，伊沙加想把他的啤酒喝完，但其中一个佩带357沙漠之鹰的瘦子贴上来抓起了他的手臂把伊沙加拖向出口。外人会以为他在架着一个女孩子或是醉汉。

19　在拉荷美里亚当记者的利弊

　　三天后伊沙加才被送回家。他少了六颗牙和一个指头，就是用处不大的左手小手指。有时他们干得比这要残酷，会干脆把大拇指切掉。正式的说法是他从 CAPA 的楼上滚了下来手指撞到了一辆摩托车折断了，那天 CAPA 的院子里正好停了一辆摩托车。那是一个全封闭的正方形院子，周围都是楼房。在这个院子的中央有个木桩，要是在院子里离这木桩太近的地方晒太阳有中暑之虞。伊沙加的右耳下方还有个刀伤，有点像他下颌被延伸了一样，一眼就看得出。

　　CAPA 的人想在三天之内把他变成谋杀老女人古德龙·考夫曼的凶手并让他招认，那女人的尸体是在港口被一个船老板发现的。但伊沙加没太配合。CAPA 习惯在港口灭掉他们认为碍事的人，有时永远也找不到证据，可说是地球把尸体吞了下去。但这一次活儿没干利索，尸体被人给捞上来了。老女人古德龙·考夫曼曾很长时间是 CAPA 老板的私交，而且受到过他的保护，不过由于她的过去像希特勒的标记似的在额头上太过招眼而成为目标。让伊沙加成为凶手虽说不过去，但同时把两人都干掉却是有效的。

　　伊沙加坚持到了最后。

只是因为他好长时间没明白他们想让他招认什么，等他最后终于明白时已经没了牙齿和小手指，所以他就把自己紧紧缩成一团藏在身体的一个角落等待事情过去。

他做得对，正是记者的身份救了他一命。

伊沙加的编辑告知《拉荷美里亚独立报》的主编说伊沙加没有理由不来上班，主编便打了一两通电话，这才使伊加沙的酷刑得以终结。CAPA 把伊沙加推出去简单地向他道了歉，又给了他一个牙医的地址，并不露声色地警告他不要报警，最后让那两个茶色玻璃的防弹汽车打手把他送回了家。

20　勒妮所欣赏的寡妇

是勒妮去认古德龙·考夫曼尸体的。警察把戴了短面纱走路跟跟跄跄的她送到法医院。

勒妮认为在这样的场合应该表现得庄重,她心想,要像杰奎琳在肯尼迪葬礼上的表现一样。这样想着她欣赏的寡妇心情就好一些了。她管他们要古德龙·考夫曼的个人财产,人们告诉她已经转移了。

当她走出法医院时,中午的太阳晃得她耀眼,她回到鳕鱼公寓向女孩子们宣布关门之前中途去喝了杯冰镇烈酒。

女孩子们对这个消息反应很激烈,她们和年幼的孩子有再一次被抛弃的感觉,她们就是这样说的:"我们年幼的孩子。"勒妮摇着头表示这个决定并非来自于她,跟她们说她自己也只能回到两百公里以外的村子里跟老母亲相聚,说没有了考夫曼夫人的资助她无法继续维持鳕鱼公寓的支出。女孩们争辩说也许考夫曼夫人很早就把钱转到了公证人那里以便出事时把她开创的事业继续下去。勒妮回答说:"问题在于钱已经没有了。"女孩子们不相信。不过她们也没有别的办法,只好打包夹起她们的宝宝走了。她们分批向骑士广场走去,再从那里奔向各自的方向,一边像怨妇一样骂骂咧咧诅咒她们对这世界的厌恶之情。

21　伊沙加在静谧中的康复

伊沙加待在他的半地下室内慢慢恢复，他的房东，一个非常丑陋破了相的老女人晚上给他送汤并扶他上楼到花园里坐在漆树下乘凉。自从他被别人收拾以后她就表现得很友善，他们两人就这么坐在她花园里的塑料长椅上看着太阳从捕鲸小巷另一边的荒野上落下去。他们并不说话，伊沙加像是有一百一十岁，退休了很多年，从来没有找到生活的伴侣，或是只在某一天与她相遇而她不想要他或当时两人要的不是一样东西。他想，这便是恋爱失败的关键所在。他现在浑身伤痛动弹不得，他唯一的活动是等着他的编辑时不时打电话来问问他的近况。剩下的时间他跟老妇人一起品尝僵硬无声的乐趣并在某种思绪中希望他的牙齿和小指慢慢长出来。

22　卫生条件与回避策略

　　未来街三十号里只有匈牙利阿姨拥有私人浴室和厨房，在这栋楼里洗个澡有时是一件挺麻烦的事。最好是大家错开洗，但这么一来所有的人都有点错。跟别的女人在一起做晚饭实在太有趣了，薇拉·坎迪达感觉还不如自己随便吃点炸薯片或巧克力棒，但她的邻居们却挺关心她，时不时给她的女儿拿点土豆泥或给她一些日常饮食方面的建议。

　　匈牙利阿姨的私人浴室从来不借给别人用，她因为在这里住了四十年所以比别人享有优越的条件，并且不愿把这些条件与别人分享。为了让自己不致被人认为是一个极端的自私主义者，她常常抱怨说她的水管漏水，水流不到她的浴室里去，而且水又黄又凉，肯定是水管有问题。"水管里有太多锌。"她老是这么说。她还说她的哥哥——女人们管他叫"贩卖矫正鞋垫的"——死于皮克氏病。"就是因为水管里的锌太多导致大脑锌过量致死。"她说，"就这么英年早逝了。"其实大家都知道她的哥哥是个土匪，而他的死因是喝了过量的伏特加导致大脑酒精中毒而死。但人们也就容忍了匈牙利阿姨的谎言，人们每星期都听得见她在浴缸里洗澡以及水从下水道里流出去的声音。要说她真是那么极端的自私而且只顾个人的私事也不完全对，毕竟她还大方地分给大家或一起品尝她做的牛肉菜和蜂蜜点心，而且她对那些受苦的人还是很善良的。

有人在公共电网里偷电，这样大家才有可能无休止地看那部轰轰作响的电视。薇拉·坎迪达没有电视，但她会带着宝宝拿着凳子到邻居家里去看，总有一两个别的女人也来看电视。她们躺在沙发或坐在床上缝补些东西、玩玩文字游戏、讨论些不着边际的字眼、做做手工花边活儿——未来街三十号有不少女人会钩花边拿到市场上去卖。这些女人们说："凑凑吧。"然后她们就集中到某一家，这就是凑凑了，就是大家聚在一起挤成一团。薇拉·坎迪达坐在门口，她摇着膝上的宝宝，谁要是想抱抱宝宝她就送过去，她瞄着电视，一个耳朵听着电视里的新闻或是关注电视剧情节，另一个耳朵不放过邻居间的闲聊内容，她们自己家男人的琐事、她们的大笑和叫骂以及无中生有，所有这些最终令她感觉未来街三十号的日子过得相当温馨。

薇拉·坎迪达感觉自己的生活在一小步一小步谨慎地往前进，夜里她继续冷餐厂的工作，白天就有机会看着自己的女儿一天天长大，时不时倚靠着固定了院子里肥大、黑色和有光泽的玉兰树树叶的阳台上的栏杆。

莫妮卡·罗丝一切正常，只是不太着急站起来走路，她现在只满足于在楼道里四脚着地爬来爬去，甚至爬着下楼、后退，或者干脆趴在地上。如果有人想帮她站起来，她就发出怪声——每个人要让她站起来走路的理由都不一样。薇拉·坎迪达只满足于吸着烟看女儿——她学会了吸烟，摇摇头对这些女人说："没问题，反正她不会爬着去上学。"说完她也想象着女儿背上背着书包在路上爬。然后她又摇摇头，女人们了解她的心态但仍然把自己的孩子和朋友的孩子跟莫妮卡·罗丝相比。她们还问薇拉·坎迪达她是几岁开始走路的——这事显然有一定的遗传因素。她想了想才发现自己对此一无所知，她的母亲可能从来未曾真正记过这类事而她的外祖母也没想到要告诉她，这事虽不重要但也就此永久地不为人知了。

未来街三十号里也有男人，薇拉·坎迪达想办法回避了他们。

每天她一回家就马上换上一条短裤和一双用钉子钉起来的旧塑料拖鞋，这是瓦塔布纳人发明的一种鞋，她还想出一套有效的回避方法从不会与一个男人单独待在厨房，其实去厨房的男人也不多，还学会听阳台的木板上每个人的脚步声，永远不会遇到男人，如果有男人突然出现在那个电视、熨衣、聊天场所时也绝不与他搭话，她只专心致志地抚养莫妮卡·罗丝，万一有人跟她说话她便只用一个单词回应。那些知道她"男人一到我就闭嘴"策略的女人跟她说："男人也不都是混蛋。"她狡猾地点点头。"他们专门亮给你看的，嗯？"她们又说，"只要抓住那话儿使劲拉，他们就再也不敢了。"说完她们笑起来。薇拉·坎迪达也跟着她们笑，吸一口烟耸耸肩。她们倒也不太坚持，毕竟她们还是更乐见她不在她们丈夫面前晃来晃去，见到男人就像贝壳一样把自己关闭起来。

23　回避的局限

四月十四号早上六点，薇拉·坎迪达从工厂回到家。

一般来说她很少遇到这么早就出门的人，她回家睡四个小时，因为早上十点以后阳台上就热闹得不行。然后她起床、冲澡，去阿姨家接莫妮卡·罗丝，把欠她的钱压在电视机上插着布制红玫瑰的花瓶下面，旁边是阿姨哥哥的相框。就这么晃到中午再出去买几样东西，下午跟莫妮卡·罗丝睡个午觉，再拖到晚上胡乱吃点东西把莫妮卡·罗丝交给阿姨就去上班。

就是在这天早上，她听到那个女孩子在浴室里大叫。

她先是愣了一秒钟。

这时从浴室里走出来乔治·马丁内斯，安吉拉的丈夫，未来街三十号的守门人。他系着裤腰带，似乎刚刮过胡子，挺着胸，屁股向后翘，像个饲养棚里的小公鸡。这人尽管脸上长满了斑驳的癣块——像是打架受伤落下的伤疤，个子矮矮的，却把自己当成个人物自视清高。薇拉·坎迪达从来不跟他说话，她把他列为普通混蛋之列，普通却无害。他遇见她也不看她，身上弥漫着古龙水味。薇拉·坎迪达当时听到女孩子的叫声感觉被人打了一钩拳。

她推开浴室的门。

在最里面的水池前站着丽拉，泰莱丝的女儿，她正哭着用毛巾擦自己的大腿。薇拉·坎迪达心中叫道："上帝。"像是打了个逆嗝，她四处查看有没有血迹或掉在地上的血滴。她想，一定会有血吗？什么也没看见。那女孩儿可能已经都擦干净了，或者有没有可能这类事不一定总会出血？她搜索着回忆。少女抬起头看她，样子像是树林里被困住吓坏了的小松鼠。薇拉·坎迪达走近她轻轻地问："他把你怎么了？"

女孩子又开始清洗。薇拉·坎迪达心想："她非得把皮擦破好抹掉一切。"她想做手势制止她但女孩子向后一跳退了一步眼睛快速地眨着。丽拉穿了一条蓝内裤，松紧带有点脱落，前面印着小老鼠，上身穿了件印了啤酒广告的T恤衫，她还在哭。薇拉·坎迪达放下包，上前摸了一下她的手臂问道："他把你弄疼了？"她感觉自己全身正有什么东西往外涌，或是窸窣作响，像是一整队作战蚂蚁拿起武器向着她的敏感处冲击触动了她的神经元。她想保持冷静，她做好了准备帮助丽拉说出来她早先所认定无害的小公鸡到底让她遭受了怎样的罪。

她把她拉进怀里，少女不再退缩，手臂也垂了下来，手上戴着的手套上都是说不清道不明甚至危险的血迹污泥黏液脏斑。她把头靠在薇拉·坎迪达的肩上轻轻地说了点什么。"再说一遍。"薇拉·坎迪达抚摸着她的头发鼓励她说，丽拉又哭着重复了一遍。她说的话似乎溶进了她身上的湿气、她的眼泪、她的鼻涕和她的血液里，一切都留在薇拉·坎迪达的臂弯里了。薇拉·坎迪达并不明白少女说的话，其实她也不需要明白。她只说："你知道，他没权利这样做。"那女孩子摇摇头发出声音，好像是在说："他对我们所有的女孩子都这么干。"薇拉·坎迪达感觉到身体里的蚂蚁开始组织起阵容。十三岁的丽拉轻声说:"他说如果我们说出去他就把我们都赶走。"这时薇拉·坎迪达想起来乔治·马丁内斯吹嘘过他就生在未来街三十号,他跟安吉拉还另外弄了两个公寓打通墙壁好给他们家那帮孩子住。

她想象着自己去敲安吉拉的门把乔治·马丁内斯从他看电视的沙发上拽出来,她想象着自己大吵大闹然后被人家赶出未来街三十号。她心里说:"我没这本事。"她又想,薇拉·坎迪达,仔细想想,别感情用事。随后她对女孩子说:"到我家来。"丽拉回答:"我得去上学。"薇拉·坎迪达摇了摇头:"明天再去吧。"小姑娘就顺从地跟了她。

薇拉·坎迪达让少女躺到床上安置好,小姑娘蜷缩成一朵玫瑰花,她握起拳头塞到两个膝盖中间。薇拉·坎迪达想在家里找点东西安慰她,从橱柜中拿出一瓶没冰的可乐,打开收音机。她向女孩子吹了口烟,摸摸她的头发说:"我马上就回来,五分钟。"

她轻轻关上门,走之前又说了一句:"我马上就回来。"匈牙利阿姨在外面探头探脑,薇拉·坎迪达向她做了个手势表示她去打个电话。匈牙利阿姨把两只手做成祈祷状又把头侧歪上去表示莫妮卡·罗丝还在睡。薇拉·坎迪达点点头下了楼。

她来到街上向电话亭跑去,天沉闷起来响起了雷声。电话亭里一个人也没有,拉荷美里亚没有封闭电话亭,因为太热,要是有人关起门在电话亭里打电话无异于让自己窒息而死。两个红色电话机固定在人行道中央,其中一部被喷过什么漆变成了绿色。薇拉·坎迪达拿起第二部电话机。有一滴雨掉在她的手臂上，这滴很大的雨水在手臂上溅成千万个小水珠，随后地上像豹子斑一样布满了大颗的水珠。薇拉·坎迪达拨了攥在手中事先记在一张小纸条上的电话号码，她拨了两次，最后终于拨通。"伊沙加？"当对方拿起电话时她松了口气问道，就像自从她在浴室中看到丽拉以后就一直没喘过气一样。不到五秒钟她已经全身淋透了，她身子剧烈地颤抖着。"下雨了。"她大声说，之后又想到，他一定以为我打电话给他是为了告诉他下雨。她堵住一只耳朵，震耳欲聋的雷声之后雨水在地上一下子漫了上来。"伊沙加。"她又叫了一声。他似乎认出她来了，但他的声音有些沙哑："薇拉·坎迪达？"

24　魔鬼手指之痛

　　伊沙加看着他缺了一个小手指头的左手，令他伤心的并不全是无法认出自己的手，而是他身体的这一小段肉去了哪里。有时他会梦见这小段手指被放在街上垃圾箱的盖子上，或者在堆积如山的垃圾堆上，或是梦见它浮在一条河的水面上——因为手指是放在树叶里所以能浮在水上。就像在某些梦中把火柴棍竖起来当船桅，再站在路边面无表情地看着小船顺着排水沟往下流；手指之所以能浮在水面上也是因为在梦里的缘故。

　　伊沙加安慰自己说："在这件事中我只不过丢了一根小手指。"这也是他的编辑雷蒙多所说的，他打电话安慰并说服他走出家门重拾记者职业时这样说："你总不能任自己这么萎靡地耗下去。"伊沙加只有一个愿望，就是一声不响地挂断电话根本不用跟他说事情也许会恢复到以前但是目前他需要休息需要静下心来思考他整个人生的意义。从雷蒙多嘴里说出来的众所周知的道理就是在这类虐待、折磨和伤残事件中应该重拾信心而不是把自己封闭起来无所事事。雷蒙多唠叨说："你得找点事做。"听起来像是伊沙加失恋以后给他出的主意。

　　最终让伊沙加走出半地下室的动力来自于薇拉·坎迪达的

电话。

他没等雷声过去就穿好了衣服。由于他的公寓曾经多次在雷雨中被水淹,所以他把门窗的缝隙都堵好了才出门。他戴好头盔向小街的栅栏跑过去,他看到了自己久违的伟士伯,骑上去一下子就打起了火。尽管有雷雨、拉荷美里亚不断滋生的腐烂,还有自己的霉运和这车的臭脾气,无论如何这也算是奇迹了。这时雷电交加大雨滂沱,可伊沙加不在乎,眼下他只感觉左手抓住车把时因缺了小指而有些不适。过一会儿雷声像洗衣机脱完水一样突然无声无息,沥青路上的水汽和从每家的花园地里钻出来的臭氧气在空气中挥发。

开向未来街三十号的路上,他常常在拐弯处打滑,不是因为速度太快,而是有的街简直就像山洪暴发。伊沙加还想着他会希望把薇拉·坎迪达带到什么地方去,他梦想过的地方是个小山坡,一个青翠而光秃的山坡,像恐龙背上长满了青草,从这个山坡上可以俯瞰周围完美的田园风光,远处看得见一条小河、一座城市、一个草场和吃草的马儿——绝对的歌剧舞台背景。

伊沙加好长时间没有在拉荷美里亚街上走了,强烈的太阳光刺得他睁不开眼,他的心中既有激情也有忧伤。

他到了未来街,看见她正站在楼前的矮墙上好不致在等待的过程中打湿了球鞋。他的胃开始痉挛。她看见了他,他仿佛看到她冲他微笑于是慢慢地刹车,但他的摩托车还是在水中溅出了水花。他在离薇拉·坎迪达两米远处停下来,薇拉向他走过来。她的头发全湿光了,她看起来就是整夜在冷餐厂工作的女工,眼睛露出疲惫的目光,里面只残存一点点光亮。尽管全身湿透她却美得惊人,他常常说,她真像是个成心化了妆看起来精神不佳的西班牙女明星。

"你得跟我上楼。"她说。

他跟上她。她没感谢他赶过来,反正他也不知该如何作答。她打开房门的刹那间他有那么一点头晕,他看见床上的女孩子心想,事件起因是强奸。他不知道这句话是从哪里看来的还是听来的还是他一直就这么想然后看到这个被蹂躏的女孩后就想到这句话。小女孩看到他时往墙里缩了一下,尽量缩得越小越好,恨不得一直缩进墙缝里去。他想,说不定这墙里真有个洞,能让她消失在墙皮里。薇拉·坎迪达在床边跪下来把头凑上去跟少女说了几句话后转过身来对着伊沙加。他想,她的眼睛又缩小了。她向他做手势让他跟她出门来到阳台上,关上身后的门点了支烟靠在栏杆上。

这样看着她伊沙加再次感觉自己的血液从身体内冲向各个角落,甚至冲向他魔鬼的小指。薇拉·坎迪达下垂的手腕用食指无意间弹着烟灰就像是他全部世界的主动脉。他想,眼下我看见她感觉不错,等我再感觉受伤害时就不来看她。但这只不过是醉汉或恋爱中的誓言。人在什么时候会在痛苦和依赖中徘徊?有没有一个特定的时刻喜悦会消失?于是他说:"你需要我做什么?"他真希望她转过身来不再看院子或是地上随便哪处的泥水,他还希望她不再看对面荒芜园子里的南洋杉,他更希望她转过身来用她小小的眼睛注视着他,看到他脸上的伤疤和左手上缺失的指头对他说:"放弃一切到你说的歌剧舞台背景的山坡上去吧,我们从头开始。"但她只是轮流看着泥水和南洋杉对他说:"你得让他进监狱。"他说:"我不是警察。"

她说:"这儿的警察不把强奸犯关进监狱。"她吸了口香烟,他听到纸在燃烧的声音,一个微小的爆裂声狠狠地戳了一下他的心。"我敢肯定你能找到办法。"她说。

伊沙加没听见周围面向阳台走廊的门在一扇扇打开,他根本不关心,他只在心里说:"我没有任何力量。"又想,我能活到明年夏天吗?这问题很好笑,但这与他所经历的恐怖、灰心、无能以及无限的孤独感中他为自己制定的层层保护措施有关,那无限的孤独感就像苦涩的油脂在那件事上抹了一层又一层。这确实没什么情趣,但就是伊沙加所设计的生活。他只说了句:"我试试看吧。"薇拉·坎迪达眯着眼睛一动不动看着他好像表示同意。他们的身后有人发出声音,他们两人回头看原来是那自命不凡的匈牙利阿姨打扮得花枝招展正从她自己的房间里伸出头来:"莫妮卡·罗丝怎么办?"她悄声问,她说话有股很重的德国口音,像是她存心模仿德国人或拉脱维亚或别的什么国家的人说话,老女人问的是薇拉·坎迪达,眼睛却贪婪地盯着伊沙加,或是她只是想知道这人与情感事件有什么关联或隐藏着什么事。"再帮我看一个小时。"薇拉·坎迪达说完把烟头熄灭在固定在栏杆上的易拉罐里,然后好像是为了解释今天早上给伊沙加打电话的目的,她说:"你知道吗?我们工厂里有个男孩我觉得不错。"

25　拉荷美里亚的风

　　雷蒙多，伊沙加的顶头上司由于十分高兴伊沙加重拾笔杆所以根本不计较他要写什么主题。雷蒙多只是有点惊讶他上来就把目标对准强奸这类敏感的话题。
　　伊沙加又开始在电脑上打字，不过只剩九个手指头，他把手平放在键盘上自己都不认识了。他试图回忆起薇拉·坎迪达最后终于发现他少一根手指时跟他说的话："不就是一根小手指头吗？最没用的手指。"她这么说完什么问题也没提。
　　他询问了未来街三十号的居民，首先告诉他们他不是警察而只是来调查一下这栋低租金宿舍楼里的居民生活。他在客厅里坐下来把人们说的话录下来，他很用心，把听到的一切都记录下来，再把周围的噪音去掉，他心想，我要用这些资料写点东西。其实他早就忘记家中还存有上百盘磁带录有人们讲述的声音，都是那些平时没有听众而借此机会大侃特侃的人。"我会用这些材料写点东西。"他总是这样说，但这些磁带在他的半地下室因潮湿长了霉斑毁掉了。再过一段时间他连听这些老式磁带的机器都不会有了，所有人们给他讲述的东西都将永久地失去。
　　三天后，一个从小就住在未来街三十号的年轻女人抱怨说这里太拥挤嘈杂，她进一步解释说是公共浴室。尽管是男女分开但总有人将此地视为自己的领地而大摇大摆地来回走动,年轻女人拒绝提供具体的人名。伊沙加鼓励她说出来,但她不愿再多说。但就在当天晚上,他正在家喝着冰啤酒准备写这篇文章时,那个女孩子打电话了,说是薇拉·坎迪达把电话号码给她的,因为她看见他们在一起说过话所以猜想薇拉·坎迪达会有他的电话,而她确实没猜错,因为薇拉·坎迪达的确把伊沙加的电话号码给她了。她快速地说自己二十岁有三个孩子,她又提起浴室,说她的一个男性邻居曾在浴室里吓到过她,还补充说没人敢反对那些违反了规定的人,都是些很容易理解的原因,主要是害怕失去住处。听听这事就怪吧,是受害人怕被撵走而不是那些在阳台走廊上打鸣的公鸡。伊沙加想询问她有多少人在强奸少女。他并不直接生硬地这样提问题,他尊重她们的隐私,所以绕着弯子好不致吓倒这位年轻姑娘。他的问题多少都是用这种提法:"楼里是不是有很多人在干这种事?"那女孩子回答说:"两到三个。"伊沙加听见她身后有风吹到未来街,他想象着她是站着,肩膀靠着电话亭的塑料墙壁,就在人行道中央,三十号门牌的正对面。他看见她穿着一双平板拖鞋一条短裤和一件很旧的背心,面料应该像天鹅绒一样柔软,他还看见她站在倾斜的路灯下,他感觉她有些孤单和害怕。他说:"我来处理这件事。"又说:"您能不能找到另一个女孩子愿意跟我谈这件事?"还有:"您跟我说的那个邻居现在还住在楼里吗?"她轻轻笑了声说:"他是无法离职的。"他又问:"您有三个孩子?"她说是,他在电话里听到的风声令他想起沙漠里面的风总是夹带着沙子再到处撒上一层薄薄的黄沙。她又说:"我没有女儿,只有三个儿子。"

26　自然结局

一个星期之后,《拉荷美里亚独立报》上刊登了一篇有关这栋宿舍楼的报道。伊沙加在里面讲述了他所了解的四个男人的情况,他并没有说出这些人的名字,只标出了他们名字的首写字母。这个消息在城中不胫而走。安吉拉·马丁内斯把她丈夫赶出了家门,从阳台上把捆好偷来的电视扔了出去,那姿势真像个女老板。乔治·马丁内斯回到他乡下老母亲家去了,他又重操旧业,在两千米高山上的小村庄里贩卖起了轮胎。这比他进监狱还痛苦。其他三个男人都搬出了这栋楼。伊沙加希望这件事就此平息,他常去未来街三十号看望她们,把她们都召集到院子里告诉她们以后一定要警惕。他把她们想象成持枪的女骑士,不能随便让什么蠢人进去。他的想象干扰了他的口头表达,有些女人感谢他并决定将楼里的秩序重新制定一下。伊沙加怀疑她们这种决心能持续多久,但也知道目前为止没有其他的办法。她们当中有两个向他示爱,他拒绝了。薇拉·坎迪达只是向他表示感谢,他再来看她时,她正上脚指甲油,莫妮卡·罗丝在房间里走两步摔一跤,玩得自得其乐。她母亲坐在小板凳上给她加油,小家伙的腿上用剑麻勒得一道一道。薇拉·坎迪达接受跟伊沙加下周六一起去喝一杯。她说:"我带上朱尔。"

27　高跟拖鞋

朱尔·拉米雷斯一上来就令伊沙加很反感,他像拉荷美里亚大多数男人一样个子不高,他的身材长得令人厌烦,脸上的某些东西本来可以表现他的深沉,但脸形更让人有一种顽冥不化的感觉。他看起来很腼腆,而且是不可救药的腼腆,但又一点也没表现出人们所能想象中的保守,按伊沙加的看法他是属于粗野的一类。

伊沙加心想,她居然没找到更好的,跟这猴子勾搭上了。

他第一次看见他们在一起就想,我得踢他一脚。他不知道这中间有没有掺杂一些他的嫉妒。尽管第一次见面令他生厌,最终他还是喜欢跟他们在一起,他后来常常与他们来往。他们在各自喜欢的小咖啡馆碰面,如果伊沙加没遇到他们,他就长时间等着或一家一家地转着找。

朱尔·拉米雷斯是冷餐厂的司机,伊沙加在场的时候他似乎有点不自在,可能是他读过他写的文章,并认定他们这一伙跟伊沙加不是同一世界的人,所以对他就有些不屑或带有优越感。有时朱尔·拉米雷斯跟薇拉·坎迪达说:"希望你那知识分子朋友别来。"随后还常常加一句:"我对他厌烦透顶。"这后一句确实就是真实的写照:就是说有双方都在场时,两个阴郁的男人面对面坐着很少说话，只自顾自吸溜自己杯中的朗姆酒或啤酒。

伊沙加寻思朱尔·拉米雷斯和薇拉·坎迪达两人关系中到底是个什么顺序，他看见他们两人一起走进咖啡馆的时候总是保持五十厘米的距离避免接触，一旦遇到身体碰撞的情况他们甚至会做出不快的表情。伊沙加真想知道他们是不是在一起睡觉，或是他们两人以什么样的频率和方式交往。伊沙加有个嗜好喜欢不停地抓他的伤疤，而看到朱尔·拉米雷斯总是围在薇拉·坎迪达左右更刺疼了他的神经。

朱尔总是沉默寡言，他坐在那儿观察来往的人，从来不谈政治，知道保守秘密并永远不打听别人的事，是咖啡馆里高谈阔论者的理想听众。

有一天朱尔出门去见一个他认识的人，伊沙加站起身坐到薇拉·坎迪达的身边。他问她："你要搬出去跟他住在一起吗？"薇拉·坎迪达看着他似乎听不懂他的话或是音乐声太大听不清楚，她只耸耸肩，舔了舔沾满手上的炸面饼上的白糖说："他不是挺好吗？"

伊沙加想回答说："不，他不好。真不知你是怎么想的。"但他最终只摇了摇头自问怎么才能走出这个情感困境。

薇拉·坎迪达对于伊沙加来说已经成为一个意外的灵感女神，一个充满诗人气质的女人，因为她安静、现实而令人不安，这种不安来自于他感觉某种灾难性的事件在等待着女诗人，而他一直设法避免此事的发生。当伊沙加想薇拉·坎迪达的时候，他会思考为什么她会这么让他着迷。于是他列出一长串女人身上他喜欢的东西，然后心中画上薇拉·坎迪达所具有的品质：浓密的长发、冷峻的下巴、深沉的目光——尽管伊沙加认为空洞的目光也不无魅力；长长的脖颈、在第一节颈骨上长着一层细细的汗毛，类似哺乳动物毛发的延伸部分，却与她细嫩的脖子不相称；还有女人穿高跟鞋时特有的走路姿势——薇拉·坎迪达晚上出门就经常穿高跟拖鞋，是那种花不了几个钱就能买到、两只手指那么宽一弄就断一走就碎的假货，但只要穿在她的脚上竟成了魔器一般。

有些晚上，薇拉·坎迪达穿着高跟拖鞋束起头发，事情有可能变得麻烦起来，但也许会好起来。

伊沙加看着她跟朱尔·拉米雷斯在外面坐下来，就在他的桌子旁边，她跟他点了点头，他心想，我这可怜的傻蛋只会看着我喜欢的女人跟个蠢货在一起喝酒。过一会儿他又想，能看到她总比看不见好。再一会儿，如果我真的很痛苦就走开。但可笑的是，他已经超越了他自己认为能够承受的无奈和苦恼的边缘。他仍然同他们打招呼，喝着他的啤酒，看着薇拉·坎迪达头发用一只发卡卡住的背影。朱尔看起来好像已经喝多了，他的肩膀开始乱晃嘴里说些不知所以的话，薇拉·坎迪达则简短地回答他。她看起来有些紧张，但她本来也很少轻松过。朱尔突然抬高声调说薇拉·坎迪达是妓女，薇拉·坎迪达推开椅子站起来，朱尔抓住她的手臂，伊沙加也站起来，薇拉·坎迪达甩着朱尔的手臂，朱尔破口大骂："臭婊子！"伊沙加走近或说是扑向朱尔，在他脸上打了一拳，为此他完全可以高兴得流泪并且松口气，他的拳头很痛，不然他可以一直打下去，他真想把这个朱尔·拉米雷斯痛打一顿，不过他还是打了一拳就住手了。伊沙加这辈子从来没跟谁打过架，他又害怕又高兴，这唯一的一拳打出了尊严与荣耀。朱尔倒了下去，伊沙加对自己初生牛犊的表现很满意，不过他的对手确实是喝得酩酊大醉本来也站不稳了。薇拉·坎迪达拿起她的包和烟说："我们走吧。"她对走近来的流氓们看都不看一眼，那些人想弄清楚谁打了谁，谁跟谁是一头的，谁保护了谁。而她跟着还懵头懵脑骄傲得像小孩子一样的伊沙加走掉了。

28　莫妮卡·罗丝的早熟

对于薇拉·坎迪达来说,朱尔·拉米雷斯近几个月算是遵守了她当初规定的几个条件,她从来不曾怕过他。她自我感觉比他高明一些。

当她把他介绍给莫妮卡·罗丝时——确实是把朱尔介绍给莫妮卡而不是相反,莫妮卡·罗丝看着他没笑,也没躲到母亲身后,还说了句话。这时的她已经能说些完整的与她的年龄不相符的话,常常令邻居惊奇不已。她说:

"如果你不想要我你可以杀掉我。"

过一会儿她又走近朱尔站在他面前,用聪明孩子特有的恶意、快乐和高傲的眼神向他投去一瞥:

"其实我妈妈正在找一个善良的杀手。"

他有些不知所措,只是拍了拍莫妮卡·罗丝的头,之后就把注意力全集中在薇拉·坎迪达身上。

自这第一次以后,朱尔·拉米雷斯再也没有去过她家。

29　双重心锁

她跟朱尔·拉米雷斯在卡拉布里亚旅馆睡过四次,而他则跟他母亲和姐姐住在一个公寓里。

他做得无声而迅速,她知道无法让他耐心等待所以很配合,那时他们在一起已经有一个多月了。她在整个过程中希望自己身体柔软一些但最终还是很僵硬,心不在焉,关闭在自己的小天地里。其实要让男人享受性欲并不难,只需要抛开自身。也许在他做爱的时候拒绝与他说话会让时间显得长一些,话语是个加速器,薇拉·坎迪达是不用的,因为说话就等于是让她走出自己的、哪怕是极微小的被动状态。她心想他在跟她做爱时没有任何天赋可言,她在很小时这一点就令她十分担心。她还以为要把这件事做好必须成为一个职业妓女,像她外祖母一样,有工具、技巧和手腕。结果发现并不需要这些,反正她什么也不具备。只是在情人的手和舌头非常急迫时像挥手赶开眼前的小飞虫一样用手推开或是想别的事。她心想,难道做爱就是这么回事?我得专心想别的事才不会大喊大叫?不知道所有这一切是不是正常,她在沮丧中感受着孤独与绝望。继而想,就这么一直做到死?

30 内心深处

　　如果有人跟他说他永远都不能跟薇拉·坎迪达做爱但可以跟她一起度过余下的此生，伊沙加也会马上答应的。他这才意识到，在这世上他最最愿意做的事无非是为她服务。他想，我老了，妈的。

31　伊沙加，迟钝的绅士

薇拉·坎迪达给冷餐厂打电话说："我病了。"她这是第一次扯这样的谎，她的领班相信了，还问她出了什么事，她回答说是闹肚子。他并不想知道更多，只说："但愿你明天能来上班，别拿腹泻开玩笑，我可不希望厂里闹流行病。"

她答应了，赶快挂上电话就上楼回家给莫妮卡·罗丝穿戴好，给自己化妆，扎起头发，穿上高跟拖鞋，抱起孩子就出门了。在拉荷美利亚，人们说穿高跟鞋把孩子抱在腰上的女孩子都是单身母亲。

她乘电车来到捕鲸小巷，按过电铃后，伊沙加来到铁栅栏处接她，他的老房东在窗户里看见他们从她窗口经过时叫道："小孩子不许在花园里玩！"伊沙加跟她做了个毫无意思的手势就跟着薇拉·坎迪达和莫妮卡·罗丝走进了家。他准备了午餐，但因为不知道给两岁的孩子吃什么，就把炖好的鸡肉切成小丁。

薇拉·坎迪达仔细打量着伊沙加的公寓，面向花园的一间大客厅，大方结实实用的家具，也正是这些老家具见证了不同主人在这里的生活；一个吧台隔开了厨房与客厅，厨房里的装饰有些乡土气，显然是房东的装饰风格；还有一间全白的房间,用普通白石灰漆过的墙像一座南美农场;第三个房间像是书房,里面乱得不成样子,不过伊沙加给她看的时候跟她说:"你放心,我知道什么东西放在哪儿。"最后是被潮气吞噬的浴室。

参观完了公寓,薇拉·坎迪达在一个绿垫抛光木椅的扶手上坐下来才问他怎么丢掉了自己的小指头。他见她对自己的手指感兴趣松了口气,不过并没有直接回答,只说:"是在家干活时弄伤的。"她不屑地抬抬眉说:"脸上的伤也是干活弄的?"

这一天,莫妮卡·罗丝没说怪话,她只安安静静地在长沙发上张着嘴睡着了。伊沙加看着她心想不知小孩子应该几岁开始上学,继而他的目光转向矮桌上的纸手巾盒,盒子上写着"轻柔、结实",他转过头冲薇拉·坎迪达笑着说:"看,这说的就是你。"她看着他仿佛在看一个傻子。

他们一直谈到了夜里两点,主题大致就是未来街三十号的情况,然后他建议她在这儿睡。他说:"我把房间让给你们,我睡客厅。"他抱起莫妮卡·罗丝向他房间走去,她的身体跟小狼一样又重又热,全身是汗。伊沙加只拿了自己的枕头,薇拉·坎迪达关上房门跟自己的女儿睡在房间里。伊沙加睡不着,他不断对自己说:"她还不到十八岁。"

第二天,薇拉·坎迪达起得很晚,而伊沙加五点就起床了,他想,家里多了一个小宝宝和一个青少年。他听到小家伙一个人在房间里长时间自说自话,最后他不得不轻轻打开房门让她出来。开门的时候他看见了睡着的薇拉·坎迪达,床单被她揉成一团夹在腿中间,身子缩得不能再小。

薇拉·坎迪达起床以后脸色阴沉，不过他还是逗她笑了出来。她穿了他的一件T恤衫，有情没绪地吃着他准备的摊鸡蛋，之后她给孩子穿衣，给自己化妆，穿上高跟鞋，在中午左右拉着女儿的手走出伊沙加的门。伊沙加想陪她们走到电车站，但他忘了带办公室的钥匙，只好跑回家取。这时她们两个已经往铁栅栏外走去，伊沙加还没来得及出来就听见一声枪响。他赶紧跑出门，有人冲薇拉·坎迪达开了枪。

32　无助的遐想

夜里，伊沙加一直在想，如果薇拉·坎迪达和莫妮卡·罗丝需要睡在他的床上，他可以在沙发上一直住下去。他本来想第二天一早就向她们建议，结果早上他不知道该怎样启齿，而且早上的阳光也照得他有点迷糊。他很高兴能让薇拉·坎迪达高兴起来，他感觉他对这女孩子的感情令他不知所措，他想，我还以为我老了，其实好像才十五岁。他这样想完了还为自己叹了口气："这些年都白活了。"直到听见街上传来枪声，他还反反复复地咀嚼着自己的无能。

33 醉 汉

　　子弹打进了薇拉·坎迪达的左肩，把肩胛骨打成了白色乳牙样的小碎片，一部分镶进了皮肉中，另一部分喷进了捕鲸小巷的花园里。当时薇拉·坎迪达走到铁栅栏处，等着伊沙加从房间里出来，同时看着正在地上捡小石子往口袋里放的莫妮卡·罗丝。这时一辆菲亚特小车歪歪斜斜地停在了五号门前，粗野的朱尔·拉米雷斯从里面跨了出来，一只脚站在马路上，另一只留在车里时刻准备逃跑。他把手枪胡乱瞄准薇拉·坎迪达近乎仇恨地打了一枪，嘴里骂骂咧咧地给自己打气："臭婊子！"他这样子绝对是夜里头灌足了二十二罐啤酒，而空啤酒罐定是铺满了后车厢。

　　打完了那一枪他就上车猛地发动马达，这个模糊而清晰的场景是他整夜想入非非精心策划好的。可他的车开不出捕鲸小巷的街口，因为靠里面的街面很窄。他想把车摆正但肯定是什么环节没弄好，因为车子猛地撞上了荒地那一侧的墙，好在车子并没真正开起来所以撞得不算太厉害。他没再试图发动车，也没想出来，说不定是被撞晕或撞伤了。薇拉·坎迪达中弹后双膝着地倒下，右手护着左肩显得很痛苦，莫妮卡·罗丝靠在她身上，一边抱着妈妈的脖子一边大声哭喊起来。她这么紧地抱着妈妈简直可以跟她融为一体，也许让她再回到母亲的肚子里，枪声、血迹和恐怖也就消失了。伊沙加跑过来大叫："别动别动，我去叫救护车。"他觉得哪怕再动一下她身体里的血液就会全流光。薇拉·坎迪达疼得哭了出来，这对她来说算是一种解脱，因为这么多年来她一直生活在要强的男人境界里。

伊沙加跑回家，那声枪响并没有把老房东吵醒，其实她睡觉很轻，现在戴上了蜡制耳塞才听不见捕鲸小巷夜里打闹的声音。他打电话叫了救护车再跑出家门，看见菲亚特车撞在墙上，像是在电影院里眯了一会儿而错过了一场好戏。"警察马上就来。"他说，他问薇拉·坎迪达是否认识向她开枪的人。她不回答，只是抱着女儿哭。

警车在警灯和呼啸声中冲入捕鲸小巷一直开到铁栅栏处嘎然停下。伊沙加想去见警察，可警察并不打开车门出来，只是摇下了玻璃窗。薇拉·坎迪达哭得更起劲了。伊沙加回到她身边从铁栅栏里跟警察讲事情的经过。警察终于决定从警车里出来，手放在手枪上摇摇晃晃向噼啪作响冒烟垂死挣扎的菲亚特车走去。他打开门把里边驾驶座上本来趴在方向盘上的人向椅背上推过去，转过身来对着伊沙加："我带他去醒酒中心。"他大声说，"一会儿有救护车来接这受伤的女人。您跟我们到警察局走一趟，讲讲事情的经过。"

伊沙加不知该拿莫妮卡·罗丝怎么办，他看见警察正把人事不省的朱尔·拉米雷斯拖出菲亚特车，他一认出是谁便感到愤怒异常。不再哭泣的薇拉·坎迪达说："别管了，莫妮卡·罗丝跟着我，他们一检查完我的肩膀我就给你打电话。"

伊沙加抬起头，看见天上白色的朵朵云彩正在团集，一大群雨燕在拉荷美里亚上空飞旋着大叫。他把目光重新转回捕鲸小巷里的灾难，说："我在这儿陪着小姐等救护车，之后骑我的伟士伯跟上你们。"警察叫来一个同事让他把朱尔·拉米雷斯送到警察局，在裤子上擦了擦手。朱尔·拉米雷斯的腿吊在他的汽车外面，还在打呼噜，嘴大张着，鼻青脸肿，脸上全是血。警察扶了扶太阳镜，伊沙加想说什么，但最终没说。他只是在薇拉·坎迪达和小莫妮卡·罗丝身边蹲下，莫妮卡脸上全是泪，混着灰土，像是从狐狸洞里或银矿里钻出来的。他蹲下身说："我在这儿陪你们等，我再也不离开你们了。"

第三部　捕鯨小巷

1　冷餐厂存在的理由

莫妮卡·罗丝身上的味道惊动了薇拉·坎迪达,她坐下来把鼻子伸进她的头发,闻到一股盐、腴还有风的味道,以及地底下和哺乳动物身上的味,像是有小动物或小狼身上的汗湿味。总之,莫妮卡·罗丝身上有毛皮味。薇拉·坎迪达总在想,将来我老了怎么办,我看不见了,应该起码还会记得这个味道。她努力想象用制陶台转陶土一样的感觉,记住她与女儿有关的一切,她的小手握住她的,她像柳条一样细小的手臂抱住她脖子的方式,她用全身小小的力量使劲抱住母亲。简直不可想象她们分开的那一天,实在不公平,所以不可能。

与朱尔·拉米雷斯那件事了结以后,薇拉·坎迪达和莫妮卡·罗丝又在未来街三十号住了两年,薇拉·坎迪达继续在冷餐厂干夜工。这样她白天可以和女儿在一起,她每天晚上十一点把女儿送到邻居匈牙利阿姨家,这时小家伙已经睡着了,她就在跟母亲一起住的房间长椅旁的小床上睡过去。如果半夜里她醒过来想撒尿喝水或做了噩梦,她会发现自己已经在邻居家里了。莫妮卡·罗丝不用睁眼凭气味就知道自己在哪里,邻居家的客厅有辣椒和屁味,可能不真是屁味,但就是类似的一种混合气味,从皮肤上的毛孔里渗出来让人感觉人还活着但仍要警惕，否则这部美丽的机器会变成肉末，也正是肉体时不时渗出一些酸臭的气味，邻居家的房间里就散发着这种肉体的霉味。

当莫妮卡·罗丝知道阿姨看管她要拿钱时就明白了，她跟妈妈说："我就是她的冷餐厂。"

"你说什么呢？"薇拉·坎迪达抱起小家伙淡淡地说。

"你有冷餐厂，她有我。"

说完她大哭起来，弄得薇拉·坎迪达有一阵以为她伤心得会晕过去。

这两年中，薇拉·坎迪达与伊沙加的关系一直保持在稳定和谨慎的层面。他们经常有规律地见面，去吃晚餐，喝啤酒或聊天，聊聊各自的童年、受过虐待又去折磨别人的人、谈CAPA、谈莫妮卡·罗丝、讲拉荷美里亚市政府里发生的事、毒枭、全球新闻、新出的电影等。他们谈所有的事，就是避免谈及感情。伊沙加觉得薇拉·坎迪达会时不时跟冷餐厂里遇见的人睡觉，但他从来不谈自己或者他很可能从不跟女人睡觉的事。按说他总是收到特别多倾慕他的女读者的来信，讲述她们的伤心事、她们的欲望以及她们的消沉。有一天薇拉·坎迪达终于假装无意中问起他是否有女朋友，他说他没有因为他很浪漫，跟喜欢他的女人正好相反。她有些吃惊但只傻傻地说："可是这儿的人谁都跟谁睡觉。"伊沙加皱起眉心想，这是不是她的暗示？他仔细研究了她的脸后得出否定的结论。

薇拉·坎迪达很清楚自己和女儿需要什么，就是一个男人。自从女儿生下来以后，她就叫她莫妮卡·罗丝，我的小骑士。她现在才意识到这么叫没什么好处。有一天阿姨讲起来有一篇文章上说过家长的意识如何对孩子有暗示作用。薇拉·坎迪达听了以后下巴都要掉下来了，虽不知道这老阿姨说的是什么，但后来才模模糊糊地弄清楚她对待莫妮卡·罗丝的方法并不好。

我的小老虎，我的小狮子，我的小骑士。

她也想到有一天莫妮卡·罗丝会问到自己的父亲，她知道自己说不出什么，所以像是事先顶住莫妮卡·罗丝要问的问题，或是对未来的缄口找到理由，她自己想办法给她找一个全新的爸爸。

有一天她问道："你想要一个爸爸吗？"

她又补充说："其他小女孩都有爸爸的。"

其实她说的完全不对，在拉荷美里亚她们住的这个地方，特别是未来街三十号就有许多未婚妈妈——薇拉·坎迪达为申请水费补助在表格上填过自己是单身母亲，那些孩子都没有父亲，也从来没见过，都用母亲的姓，这种事很常见。

小家伙正在地毯上玩玩具看着妈妈，是一个塑料的小鳄鱼正跟一个穿了黑色和粉色人造革的企鹅娃娃吵架。薇拉·坎迪达常想，为什么这地方要把娃娃打扮成妓女的颜色呢？女儿看着她母亲回答说："妈妈，我们两个人不是挺好吗？我不需要爸爸。"

薇拉·坎迪达把这个问题想了一整天。第二天晚上八点，她把莫妮卡·罗丝托给匈牙利阿姨，穿上配套的内衣跟伊沙加出去吃饭。这个男人追她已经四年了。

2　薇拉·坎迪达的情欲

当薇拉·坎迪达回想起住进伊沙加家里之前的情况时，她感觉自己原来被卡在第三世界，而现在她的世界——包括她的身体、她的精神和她的女儿，慢慢向民主和富裕的方向发展。她觉得以前她不说话或说得太少，想说的话也都含混不清，而现在跟伊沙加在一起打开了她的内心世界，她记得自己曾经像是一个无助而担惊受怕的小动物。

她曾跟伊沙加说过这些。但他提醒她说，从由朱尔·拉米雷斯造成的伤痛以后的两年里，是她自己一直不愿过来住在这个比较有文化氛围的、他在捕鲸小巷的半地下室里。

她没法解释为什么用了这么长时间才决定带着莫妮卡·罗丝住到伊沙加的房子里来。她曾想象过，也是这么跟伊沙加说的，说自己觉得不够资格，虽然曾经自傲过，但内心深处对自己住的地方和每天要做的事还是感到耻辱，所以阻止自己爱上伊沙加，因为这类事有可能把整个局面全打乱。伊沙加手一挥说："那是因为你不喜欢我，因为我的兔唇。"她笑了，她感谢他把原因和结果掉了个个，尽管表面上显得不过是句献媚的话。

穿了配套内衣的那天晚上，她第一次与伊沙加做爱。以前，薇拉·坎迪达认为"做爱"这个词十分隐秘所以有些猥亵和可笑的成分在里边。由于她感觉这类词不自然，所以在说这个词的时候会微微脸红，再夸张地轻轻皱一下眉头。她希望表现对这类事感到好笑，而她也未曾受过欺骗。她对这事的厌恶有点孩子气，令伊沙加感觉有趣。

他们做爱的时间长得不得了，最后弄得薇拉·坎迪达有点担心，后来她才意识到伊沙加的做法同她曾经经历过的完全不同。假如有人问她现在的实际感受，她会说："不过是书本上的东西。"可能是因为她的第一次性兴奋经历是在童年，她在外祖母的邻居家看到一本书叫《漂亮的加勒比，芳香的加勒比》，她在其中一章看到过口交的画面。直到她自己被迫接受这样的经历之前，她一直以为这样的行为完全是作者扭曲而合理的性幻想。薇拉·坎迪达的性经验太少，无法理解性生活中大多数的普通行为都是双方的异想天开。她跟伊沙加在一起做好了接受一切的准备，因为在这类事情中，她只能被动地任人摆布。这是她坚持认为最好还是顺从听话的领域之一，就像是这件事是发生在另一个人身上或一个东西上，比如说她的身体上——而这正是她一直在保护而不得已被人拥有的领域。

伊沙加当然是千方百计地要对自己心爱的人表示耐心与关怀，他想这事有很长时间了，他可不希望第一次就遭到彻底失败。然而正是伊沙加"生活的艺术"令薇拉·坎迪达彻底陶醉。这是她后来才承认的，她说："你生活的艺术如此动人。"

第二天早上他起得比她早，放上音乐烤好玉米饼。她醒来穿好衣服走到客厅看到他所做的一切，看到他手里端着咖啡站在窗前正出神地看窗外的植物，身上穿的是白衬衫和条纹裤子，薇拉·坎迪达对睡裤这类东西不是很熟悉。她看见桌上放着的果汁和杯子，还有水瓶和芒果。薇拉·坎迪达本来准备好好嘲笑一下这位新情人的想法，这才发现他准备的东西不光是只给薇拉·坎迪达一个人的，对他来说不吃早饭就开始一天的做法根本不存在，而这桌上的仪式就是为了很自然地庆祝两人共同生活的第一天。她觉得他非常优雅。她想到自己每天喝的速溶麦乳精，只需用浴室里的热水冲一下就行，然后一边洗浴一边喝光再赶快把浴室位置让给其他要用的人，又想到在给莫妮卡·罗丝穿衣时匆匆吞下的巧克力棒。她感觉伊沙加很性感。她现在不怕他了，好像他已不属于令她害怕与厌恶的社会阶层，现在进入一个她仍然不太了解的特殊领域，就是优雅和孤独的男人世界，他们会在清晨的客厅里悠闲地喝咖啡。

　　薇拉·坎迪达走进客厅时，他转过身来跟她打招呼冲她笑，当然首先是他的眼睛在笑，因为没有心理准备她有些不好意思。为了挽回这许多年来丢失掉的时间，她做了一个前一晚根本没有想到的事情，她走近他十分依恋地靠在他身上。他犹豫了一下，因为长时间以来薇拉·坎迪达总是跟他保持距离。他放下咖啡，吻住她的脖子，掀起她的头发，把她抱到客厅的沙发上。他用九个手指的大手梦幻般地抚摸她，他的动作比前一夜更加快速和狂热，这种态度就算她还没有喜欢但至少是更明白了，他在她耳边悄悄说了些温柔而稍有不雅的话，也用类似口吻告诉她他们用了这么多年来改进他们的欲望和乐趣。她觉得这些话有些陌生但她更乐意相信他的话，她愿意将自己身上的主要负担交到这个男人手上，跟他在一起长期生活的念头没有吓倒她。她坐在他身上，让他饶有乐趣地观察自己，她看得出来他喜欢她，而这个发现令她兴奋。她让他摸自己的乳房欣赏着她，她心想，这个人欣赏我。她抓起他的阴茎放进自己的身体里，他摸着她的头发，她喜欢看着这个男人的眼睛在缩小，感觉自己陶醉了。他搂住她的胯，她看到了自己的力量体现在他身上，她感到无与伦比并且不可思议。她张开嘴吻他。薇拉·坎迪达还从来没有吻过男人，做过爱但从来没有接过吻也没让人抚摸过乳房。他把她的身子抬起避免射在她身体里，她心想，不可思议，没用避孕套。但她这么想与想到因为下雨所以路会滑没有两样。最后她把头靠在他的肩上，他说："你的头发像是黑色的湖泊。"

3　成人游戏

薇拉·坎迪达告诉莫妮卡·罗丝她们要搬到伊沙加那里去住,那是在她与伊沙加过夜的几天之后。她安慰她说她认识那个地方,有花园也有鸟,还告诉她那里有专门给她的一个小房间——就是伊沙加的书房。莫妮卡·罗丝看着她妈妈说话,眼睛亮亮的,有点吓坏了似的,随后就哭了起来。薇拉·坎迪达也哭了,把自己的小女儿抱进怀里安慰她还跟她说她们的生活将会越来越好而其他的一切都不会变。莫妮卡·罗丝问她是否会跟伊沙加结婚,薇拉·坎迪达笑了,使劲擤了擤鼻子没回答。这时她脑子里想的是在伊沙加怀里,她希望自己就在他身边抚摸他。

第二天她把东西全收进包里,向所有的人告别,向他们保证会回来看他们,又哭了一回。伊沙加来接她们,他借了一辆车,让莫妮卡·罗丝坐在后座上,他看到她们的东西这么少有些吃惊。未来街三十号的女人们都靠在阳台的栏杆上,点着头低声说着什么看着他们远去,这种情景就像是薇拉·坎迪达被苏丹选中当后妃娘娘一般。

薇拉·坎迪达住到伊沙加家中之后就不再去冷餐厂工作了,她对阅读、学业和诗歌产生了极大的兴趣。

小家伙在学校上学的时候，伊沙加会不定期回家。薇拉·坎迪达一听到捕鲸小巷里伟士伯的声音，就把书签夹到书里等他进门。铁栅栏一响她就从窗口看见他像有急事一样匆匆从小巷走进来。他一打开门她就激动起来，她乐于看见他因对自己有欲望才往家赶，一想到这个她就全身发抖。他来到她身边把她带到房间里。过了一段时间他们便不再等进房间随便在公寓的任何一个地方做爱，他们曾经等待了那么长时间足够让对方的向往充分表现出来。她曾经听说一般情况下正好相反，人们一般先在厨房的桌子上然后才会到房间里摸黑做爱。她跟他说这事时，他说就她所经历过的事情这一切都很自然。她不知他到底知道关于她的什么，也不知自己是否说过梦话。

过了几个月他送给她一枚戒指，他本来想买一枚带珍珠的金戒指，但她不要。她只想要银的，简简单单，就是在骑士广场的秘鲁商店里买的。他请她下饭馆，就像庆祝订婚仪式一样，她喜欢戒指在她的无名指上留下一条绿色的痕迹。她指给伊沙加看说："我不戴戒指的时候也是戴着戒指。"

伊沙加教给她在生活中哪种行为能够给人带来快乐，他给她买鲜花，还让她品尝啤酒以外的其他饮料，他对她说愿意的话可以只吃蛋黄，那天她说小时候特别喜欢画画他就送给她画笔。有时候对卧房感觉厌倦了他们就睡在客厅里，或是为了图新鲜就在拉荷美里亚的旅馆住上一夜；心血来潮时，他们还带莫妮卡·罗丝坐海边火车去看别的港口去别的海滩。他们已经长大成人，可以自己到橱柜里去取果酱了。

薇拉·坎迪达趁莫妮卡·罗丝上学时就去小区的图书馆消磨时间，她每天下午五点去学校接她再带她去海边，但她从不下海。她不会游泳，只看着女儿在海边玩，看着她跟不同的小孩子交往成为长期的或短暂的朋友。冬天来临时，她坐在空无一人的海滩拿出一本书随意让莫妮卡·罗丝用小桶收集海滩上的贝壳和卵石。她时不时抬起头让自己惊奇的目光饱览大自然美丽的风景，灰色的天空反射在银色的大海上，穿红衣的女儿蹦蹦跳跳地跑来跑去，头发在风中被吹得乱舞，还时不时弯下腰来仔细查看沙滩上半掩半露的宝贝。她们俩隔一段时间就向对方做个手势，女儿跑回来给她看找到的完美而稀有的贝壳，然后她们手牵手回到捕鲸小巷。薇拉·坎迪达心想，这个变化太彻底了。因为她已经不再想瓦塔布纳，也不再想那边所发生的事了；她不再想罗丝·布斯塔曼特，因为一想到她就心痛。有一天莫妮卡·罗丝问过她自己的亲生父亲到底是谁，她先是说不出，好像这个问题她从来没有想过。其实她多次设想过碰到这类情况应该怎么回答，也不知为什么，她一直以为要等到十五岁莫妮卡·罗丝才会问这样的问题。所以她这样回答："父亲就是抚养孩子的男人。"然后她还补充说，别的没什么好知道的。莫妮卡·罗丝只好认定自己的父亲是个蒙面骑士而她自己则是爱尔兰皇家后裔，但是她本能地知道这件事里有些说不清楚的东西。同样，大家都跟她说肚脐没有用，而她坚持认为肚脐一定是跟某种性功能有关。

薇拉·坎迪达躲避着暗礁陪伴着女儿每一步的成长，仿佛每一步都是最后的一步或是下一步她们俩就要在街上被卡车轧死——应该是一辆装满了问题和痛苦回忆的卡车。薇拉·坎迪达非常害怕失去女儿。她千方百计远离烦恼，把它们全部锁进衣橱，并将那些恐怖的想法全部推进抽屉的死角。有时她会惊讶地发现自己在回忆丢失莫妮卡·罗丝以后的情景，她欣赏她的背脊、她的肋骨和她的指甲，想象着这些全都不复存在。有好几次她甚至想如何写女儿的墓志铭，有些时候她十分怀念女儿而女儿其实就在她身边。

她观察着莫妮卡·罗丝时会思考她将来长得是否像罗丝·布斯塔曼特，但是一想到罗丝·布斯塔曼特就意味着所有的极度痛苦都拥出来像针一样刺痛她的胃。她感觉与罗丝·布斯塔曼特的关系已经松散，再也回复不过来了。她想象着她的小渔船和捕捞的飞鱼然后一遍一遍地计算她的年龄，心想，现在也许她已经死了。而这个想法一经出现就像是有千百个小拳头和坏念头在折磨她，她想象罗丝·布斯塔曼特变成肥胖的老女人穿着连衫裙在她家门口的沙滩上吸烟，她用魔法与她沟通了解她在大陆的外孙女的生活。她心想，她应该知道的。然后她强迫自己忘记罗丝·布斯塔曼特在先是失去维奥莱特继而薇拉·坎迪达后可能有的悲伤。罗丝·布斯塔曼特对于薇拉·坎迪达来说已经成为一个套着连衫裙的巨大的悲伤。

4 伊沙加的过去

薇拉·坎迪达从来不怎么谈她的过去,她只提到过瓦塔布纳和她有个外祖母,再往下就不愿回忆了。当时伊沙加向她提了很多问题,她只跟他说:"非常抱歉,我真是不想再回忆那段生活,一想起来我就伤心得要自杀。"伊沙加最后接受了他心爱女人的缄默,但为了打破沉默,他开始给她讲自己的故事。他晚上讲他童年的故事时就像是薇拉·坎迪达也曾经在场,并见过所有他讲述的人。薇拉·坎迪达喜欢伊沙加的生活,她喜欢一切,他的童年,他小男孩时做的噩梦,他的青少年以及他的情窦初开。

伊沙加告诉她他小时候常常做同一个奇怪的梦,梦见一条巨蛇,有时是一条龙或一只巨大的蜥蜴,表皮上是像镜子一样金光闪闪的鳞片。伊沙加被巨蛇踩在脚下,他感觉自己的身体和骨头全部爆裂碎掉了。

他大叫着醒来。

这时他母亲或他母亲的一个朋友会来到他床边——有时候她们穿睡服,但大多数时间整栋公寓中就只有他一个人在睡觉。他母亲的朋友们坐在他床边继续抽烟,可能没人跟她们说过在小孩子的房间里吸烟是不好的或是有人说过她们也无所谓。她们都很温柔，抚摸他的头，还坚持要让他讲述做过的噩梦。但伊沙加不愿意，那就等于又重新做一次同样的噩梦或是再一次感受鱼刺卡在食管里的感觉。

那时他还叫伊罗米努斯，住在比利时北部海边一个很小的城市里，他母亲带着他在那里住过一段，后来才搬回拉荷美里亚，几年前她为了到荷兰去学习艺术后来又放弃。他的外祖父当时是拉荷美里亚的警察局长，他和政府里的人有较好的关系，他既有钱又反动。他在政府黑色年代里曾经利用不太值得称道的方式让反对派发出声音，后来改邪归正；他曾把女儿看得至高无上后遭到最好的朋友温和而谨慎的批评；他的夫人跟着一个大学教授跑了，自此多年后没再给任何人消息。他提起她时就说她死了，这也不是完全不可能的事。

当伊罗米努斯的母亲回到拉荷美里亚时，她还是个年轻貌美的富有女人，身边带了个漂亮的四岁小男孩儿，只是嘴上缝过针——因此大家对他十分怜爱学着他说些含混不清的话，但这一缺陷阻止了他跟同龄小朋友玩。这对他当警察局长的外祖父来说倒也并不完全是坏事，因为他总是担心外人会把这小继承者带坏。这孩子的父亲应该是个荷兰画家或是美术学院的教授再不就是个有名的作家。其实伊罗米努斯的母亲也难说清到底谁是他的父亲。

伊罗米努斯·伊沙加跟母亲在拉荷美里亚那间乱糟糟的大公寓里住到八岁，之后他母亲就消失了，应该是在某个清晨的一个晚会里跟着什么人走掉了。他母亲经常彻夜不归，想起来的时候她会在家里留个纸条，否则他只有自己热牛奶独自去上学。

伊罗米努斯是个沉默寡言的孩子，他喜欢踢足球、惊奇漫画①和克里斯蒂②的侦探小说。

他母亲好几天不着家他也不言不语，只是仔细地吃掉家中存贮的一切食物之后就到学校食堂去吃饭，其余时间他不是在球场就是在看电视。外祖父第一次给他打电话时——其实外祖父从来不亲自打电话，要知道他连电话都不会拨，他家的电话打出来总是有个女人先说："我把电话交给伊沙加警长先生。"而这个时候接电话的人如果刚好没空想说一句"我现在正忙，过会儿再给您打过去"或者"我正要出门"都来不及，那女人从来不给人说一个字的机会电话就已经交到伊沙加警长手里了。伊罗米努斯告诉他说母亲出门了不知什么时候会回来。第二次伊罗米努斯又说他母亲仍没回来时他的外祖父开始有些着急了。

"仍没回来。"他重复道，"你是说自从上次打电话她就没回来过？"

"正是。"孩子说。

"我马上就来。"老人说。

伊罗米努斯挂断电话站在窗前犹豫是逃跑还是让外祖父把他带走。他换着脚站着，自问外祖父会不会同意给他支付一笔钱让他独自继续住在母亲留下来的公寓里，即维持现状。伊罗米努斯这时候八岁。这个想法当然不会在老警长伊沙加的脑

---

① Marvel Comics：美国漫威出版社自1939年出版的一系列漫画书，其创造的人物有蜘蛛侠、钢铁侠、绿巨人等。——译注
② Agatha Christie（1890—1976）：英国侦探小说作家，主要作品有《东方快车谋杀案》、《尼罗河上的惨案》、《十个小黑人》等。——译注

子里划过哪怕一秒钟,然而孩子认为这是对两个人都最方便而且最合适的办法。不一会儿他就看见外祖父那辆庞大的黑色奔驰车停了下来,而且根本没停在路边,干脆停在车道上挡住路上的车辆好让拉荷美里亚的开车人有机会用喇叭声发泄一下心中的不满,后来他们终于明白这个等待无法马上结束,便长时间不停地按喇叭。

奔驰司机给外祖父打开车门,外祖父穿着深色细条的西服,戴着白礼帽,拿着牛头拐杖,不管这套行头是拉皮条的或是黑手党的或是政客的奇装异服,反正意思是:"我很结实,尼龙制造,可用于任何场合的现成服装。"

伊罗米努斯叹了口气,他一直站在窗前,心想,太晚了。他想象着外祖父神秘的后花园,里面长满了野玫瑰,想着自此以后就会一直住在那里了。他只好把自己必备的东西都收到足球包里,有他的钉鞋、《十个小黑人》和一件母亲的朋友专门从墨西哥给他寄来的蝙蝠侠T恤衫,是八岁孩子穿的,这还算是有运气,因为母亲的朋友从来不知道他到底有多大。

他把背包放在门口,老人按铃时,他听得见门外喘气的声音,伊罗米努斯给他打开门。老人一言不发地进门后从孩子面前走过看也不看他一眼,在公寓的三个房间里转了一圈,用手杖挑起衣物看了看,怕是感染上病菌。最后又从伊罗米努斯面前经过说:"走吧。"两人下楼梯走到街上黑色奔驰停车的地方,汽车喇叭响成一片,老人用手杖指着天像是冲着鸽子挥舞谁也不看大声说:"好啦好啦!"给伊罗米努斯做手势让他先上了汽车的后座。

从此刻开始,孩子的生活就在老警长伊沙加的庄园里度过,他母亲时不时回来一次。但也无非是跟父亲吵嘴、亲吻儿子,有时只待一夜就走。母亲在时伊罗米努斯也从不改变老习惯,上学、踢球、关在房间里听音乐、与外祖父一起用晚餐。女管家问要不要把小姐的餐具摆上,外祖父说:"没有必要。"伊罗米努斯的母亲走掉了,生活又恢复到原来的慢节奏。

伊沙加说起童年的整体印象时,总是提起那没完没了的雨水,可能是因为外祖父庞大的花园和华丽的雨林。他只记得那里面全是各种各样发亮的绿色植物。他还记得自己在雨中踢过足球后全身泥水地回到家,他记得女管家让他在吃晚饭之前去冲澡,像电视里的母亲唠唠叨叨地为洗衣粉做广告。

十六岁时他发现了诗歌和外祖父的残酷。

他决定不再跟他说话,并开始分发一些夜间制作的劣质印刷小报,夜间钉书钉的声音在安静的房子中响起搅了老警长的睡眠。

他开始同时给亲共和反共的杂志写文章。

后来他得知母亲死了,是在她出车祸之后的两个月知道的。她当时在墨西哥骑着摩托行驶在华雷斯城海边一条公路上,她的车打滑了,因没戴头盔她当场就死了。这个消息并没有给伊罗米努斯带来特别的伤感,他有很长时间没有见到母亲了,他像斯多葛学派①一样接受了这个消息。

几乎在同时,他爱上了一个比他大十五岁的女人,他决定离开外祖父的庄园住在她家,名字也不再叫伊罗米努斯。老

---

① Stoïcisme:古希腊哲学流派,主张理性的生活,视克制、知足、平静为美德。——译注

警长慢慢陷入了老年痴呆,失去所有记忆后死在他自己的宫殿里。新生的伊沙加继承了一大笔可观的遗产,显然他把这笔钱的大部分都捐给了慈善机构,帮助朋友,并向《拉荷美里亚独立报》投了资,其他的存起来以备急需。

　　生活变得按部就班,包含了犹豫不决、摇摆不定、矛盾抉择、家庭决断等,自由意志如缩了水一般,进三步退两步的情况也不复存在,只留下彗星一闪而过的痕迹。就这样伊沙加慢慢变成现在的样子,旁人看不出他还会有什么与此不同的别样生活。

5 数学问题

很多年里,莫妮卡·罗丝坐在沙发上薇拉·坎迪达和伊沙加之间,紧紧地靠着他们,挪动着她小小的屁股坐成一个窝,挽住他们各自的胳臂说:"咱们两个多好。"

第一次时薇拉·坎迪达纠正她说:"不是两个人,是三个人了。"

莫妮卡·罗丝回答说:"那也挺好。"

6 小 猫

有一天，薇拉·坎迪达正靠在厨房的凳子上看书，电话响了，就在她拿起电话的那一刻，像是下午的阳光突然暗了下来要打雷一样，薇拉·坎迪达感觉到一接这个电话她的生活就要全部打乱了。于是她谨慎地拿起像是毒蛇般要十分小心地对付的话筒，是小学校长，说莫妮卡·罗丝从学校一棵耶枣树的顶端摔了下来。

薇拉·坎迪达放下电话，在给伊沙加打电话和奔到孩子刚被送进的医院之前，她看了看周围发现房间变了样。她记住每一样东西摆放的地方，听见外面的鸟叫，心想今天的事情没一样不是征兆，比如客厅里的声响，她看着旧绒毛沙发、矮桌和上面的报纸，她看的书扔在地上，一切都显得那么不祥和阴险，或只是与平时一样无关紧要，魔鬼般的无足轻重。

她打电话给伊沙加并叫了辆出租车。

她的身体变得凹凸不平令人眩晕，如果在身体里叫喊可能会像在深渊里一样有回音。她到医院时被告知莫妮卡·罗丝还在昏迷中。

薇拉·坎迪达心想，如果她死我就自杀。

伊沙加已经在那里正跟医生谈话，她走近他们却一句话也听不见，仿佛自己掉入了大海耳朵里灌满了海水。她再走近一些保留一点距离，她知道要留在他身边，在他的保护下，因为这是世界上她唯一的安全港湾。

莫妮卡·罗丝有三根肋骨骨折，右腿和两条胳臂骨折，脑子也受了伤。薇拉·坎迪达想，她还活着，如果她活下来我就照顾她，哪怕她一直昏迷我也要照顾她。她想告诉伊沙加，他用手臂抱住她的肩膀跟护士说话。他甚至就是在托着她，他转过身来对她说了句什么，像是："她不是昏迷，只是用了药让她睡了。"她很想知道女儿在耶枣树上面干什么，她是这么听到的，有五米高，她听说过小猫哪怕是从三层楼掉下也总是四脚着地。她的耳朵开始嗡嗡叫，仿佛全身的血液都冲上了耳朵，然后就失去了知觉。

7 我所知道的薇拉·坎迪达和莫妮卡·罗丝

莫妮卡·罗丝终于恢复正常,一切都结束了。现在伊沙加还时不时想起事故当天发生的事和从薇拉·坎迪达身上所了解的东西。她像贝壳一样紧紧贴着他的胳臂。他当时想,她可真脆弱。她晕倒之前伊沙加从来没有想到这个自他们认识以来一直外表如此坚强的女人能够这样一言不发地倒下,像是全身的骨头都散了架,身子轻如小鸟。他这才知道原来并不真正了解她,并当时就想老实向她道歉。

莫妮卡·罗丝长大了,在长大的过程中,每次母亲担心她跑来跑去、扑到海水里游泳、只是玩打火机或跟流浪狗玩时,她就跟母亲说:"你什么都怕。"伊沙加听到这样的话就会不舒服,似乎薇拉·坎迪达以前所经受过的一切都不值一提了,于是他就气呼呼地跟莫妮卡·罗丝讲不许再说这种伤人的话。

伊沙加喜欢去学校接莫妮卡·罗丝,他总是早早骑着伟士伯到学校站在稍远处一棵洋槐树下。虽然明知来得这么早没有道理但也管不住自己,他需要这种等待。总有两位外祖母也来得很早在那里窃窃私语,其中一个手上拎的纸袋里面放着给孙女或孙子吃的玉米饼。伊沙加感觉他去接莫妮卡·罗丝的时候总是在春天,他应该可以感觉天气总是很温和晴朗,空气中只有一点点风,一种清新的令人欣喜的气息。他靠着阻拦孩子跑上马路的栏杆等着莫妮卡·罗丝,他是个绝对幸福的男人。家长们慢慢到了,打着招呼,一堆堆聚在一起,总有人会发放些宣传品。伊沙加乐于见到家长协会成员,这种协会对他来说一直是有利无害的社会组织,他们把宣传品发给其他协会成员。他向认识的人微笑,他来的次数不多无法与他们进行深入的交谈,但他们认出他来并把他视为他们当中的一员令他心满意足。下课铃响了,他直起身子。大门一打开孩子们就像鸟儿一样飞奔出来寻找自己的父母,一开始谁也看不清,这些小人儿的出现像是向空气中发出电磁波。他喜欢看莫妮卡·罗丝看到他时欣慰的脸,他喜欢她所给予的信任。不管是什么时候,哪怕还没有看到他,她的脸都不会表现出任何担忧,他跟她说要来接她就一定会来。她向他走过来,饥饿而兴奋着,他把巧克力交给她,让她骑上伟士伯抱住他的腰。她开始说话,但他们都不告诉薇拉·坎迪达他们是骑伟士伯从学校回来的。其实薇拉知道,却并不说穿。他送她到街口,骑在摩托车上把书包交给她,她则把头盔还给他推开铁门回头来向他打招呼,直到这时她通常还在嚼着他带给她的点心。他回单位工作而她则回到有母亲等待她的家。伊沙加每到这时就会感觉心中一块重石落下。

有一次伊沙加因一件微不足道的小事说了莫妮卡·罗丝几句,她狠狠地回复说:"你不是我父亲,没权利说我!"伊沙加建议薇拉·坎迪达找她谈谈。"告诉她一些事,给她看一些东西。"他说,"哪怕一个名字,一个职业,一个相遇的故事。你不能让她生活在这种断根的状态。"她想了很久这个问题：断根。但最终她还是放弃了，因为这个任务她是完不成的。因此莫妮卡·罗丝就无奈地成长在这种神秘出身的状态，她的缄默是自己弱点中最为引人注目的一点。

莫妮卡·罗丝十五岁的一天，伊沙加正好从她上学的高中路过看见她的同学们走出校门，他停下来看发现她变了，他看到了长大以后的莫妮卡·罗丝是什么样子，他明确知道将来她会成为什么样的女人。她说着话，笑着，有时仿佛听到了世界上最可笑的事便笑弯了腰。等她看见了他，他从她的嘴唇中读出她在跟同伴说："是我妈的男人。"

伊沙加和薇拉·坎迪达没有孩子，他们没感到有任何缺憾。他感觉自己得到了最大限度的满足，他也承认自己有足够的智慧让自己的欲望得到满足。

8　玫瑰花刺

薇拉·坎迪达的悲剧起始于不间断的腹疼，她再也咽不下伊沙加做的辣子鸡了。他必须减少辣椒的用量和辣度，再加米饭拌着吃。因为薇拉·坎迪达感觉米饭可以填满胃。

为此她并不担心。

这时的莫妮卡·罗丝已二十三岁，搬到了大学附近去住。有一天她跟母亲一起吃饭时跟她说，如果她不喜欢吃柠檬鸡就不要叫这份菜。在拉荷美里亚，所有的菜几乎都与鸡沾边，但因为鸡无味，所以要加入各种各样的佐料和辣椒。薇拉·坎迪达说她喜欢柠檬鸡，尤其喜欢这种小饭店做的鸡，比港口那边的饭馆做得要好。但莫妮卡·罗丝说她吃饭的时候一直在皱眉，所以证明她并不是很喜欢她所吃的东西要不就是她有胃溃疡。

薇拉·坎迪达觉得胃溃疡这类可恶的病不过是因为人们生活紧张、不快和阴郁而造成的，而她自己的生活多年以来已经成为一张幸福的玫瑰花床，她是那个优秀男人的女人，而她的女儿尽管有那样的父亲却长成了一个花一般的女孩子。薇拉·坎迪达没有一刻会认为自己是胃溃疡患者。

她只回答说自己的胃因为年龄的缘故最近有些不适，莫妮卡·罗丝提醒她说自己还不到三十九岁，现在说自己器官衰老的话还为时太早。于是她们换了话题。到了后来再见面，薇拉·坎迪达就小心不要让自己面部表现出的不适令女儿心焦。

　　当疼痛到了夜不能眠的地步时，她就睁大眼睛看着房间的天花板，用她八岁时学会的一个办法把手放在肚子上用手掌心的热量捂住疼痛的肚子，她认定有一股神力可以减轻她的痛苦。她还没有想到要去看医生，只是想到了外祖母并且开始强烈地自责没有早一点回去看她。疼痛有意无意地与这个痛苦与自责相联系，不疼的时候——总有不疼的时候，她整夜整夜地回忆着自己童年时与外祖母在一起的日子；疼痛出现时弄醒她像是在呼唤她。每个夜晚痛感都在不断增高，像一座可移动的野心勃勃的疼痛大山。随后她的疼痛达到了顶点，疼得她死去活来。薇拉·坎迪达感觉自己差点要放弃了，甚至要失去知觉了，她满身是汗，根本不知道疼痛的时间到底是长久的还是短暂的。等到感觉恢复时疼痛也消失了，薇拉·坎迪达觉得这一切仿佛从来没有存在过，她感谢作为疼痛主宰的罗丝·布斯塔曼特。之后她拥入爱人的胸前疲惫地再次入睡。

　　终于有一天早上她发现自己开始咳血才明白内脏一定出了什么大问题，为此她十分惊讶，怎么可能自己的身体出了问题而自己还一无所知。这就像是她的手袋里放了一只动物或是打开自己的房门看见有个偷渡者坐在她的床上，周围乱七八糟的东西扔了一地，而这人已经在这里住了几个月甚至几年，而且发现他在这里曾经举办过晚会，跟些不明不白的人吃过些令人作呕的东西。有个极小的声音清晰地重复说："这不可能，你应该知道的。"

　　薇拉·坎迪达在她咳血的那天坐在浴缸边上感觉一阵天昏地暗，她处在台风的中心，她动弹不得但她周围的世界正在纷纷向四面八方飞舞而她对所有这些躁动都麻木不仁。突然她感觉一阵寒冷,她一个人待在浴缸边上,两只手握得紧紧的,里面可能攥紧了恶魔。她想到莫妮卡·罗丝和伊沙加,她想哭,但觉得身体出了问题对自己是个耻辱,她想到他们一定不会意识到她会出这样的事,她决定什么也不做。伊沙加去上班之前敲了敲浴室的门,她回答的声音蚊子般细小。他只好眯起眼睛往锁孔里看,见她脸色煞白便皱起眉头问道:"出什么事了?"她摆了摆手示意一切正常。"我胃又疼了。"她回答说。伊沙加把门打开,薇拉·坎迪达站了起来,她本来想毫不费力地站起来但力不从心,只是尽量直起身来侧身从浴室走出去避免面对他。"去看奥拉伯医生。"他跟出来说,"我一会儿给你打电话告诉你他的电话号码。一定去看他,我先通知他,他会给你开一些止痛药止住这该死的疼痛。"看她没回答,他又说:"亲爱的?"他跟着回到客厅,"你听见我说的话了吗?"她只能露出一个贫苦的笑,他曾经说过:"你第三世界的笑容。"她打起精神看着他的眼睛说:"好,一会儿给我打电话,我会跟他约的。"

奥拉伯医生于是给她做了检查:抽血和扫描。由于薇拉·坎迪达急切地请求他不要说,而是自己向心爱的人说明病情:"大夫,我会亲自告诉他。"他便向她保证对伊罗米努斯只字不提——他这么称呼他是因为他的父亲是伊沙加外祖父的朋友。

她从奥拉伯医生坐落在城高处的诊所出来,诊所周围种满了洋槐树和棕榈树。她走在这条完美无缺的小街和完美无缺的人行道上跟她脚步同一节奏响着的一个词是:丧事。左脚走出去是:"丧事。"右脚回答:"怎么办?"左脚再说:"丧事。"右脚又问:"明知自己不可避免地要死去如何活下去?"她走的时候小心不要走到洋槐的阴影里,她一直数着自己的脚步走到交叉路口,她希望到达时的数字是奇数。她试图回忆起第一次胃疼的时间,也就是第一个症状,就在那一天也许发生了什么事提示过什么,也就是那一天她对这个癌症感受到了第一次痛苦,她一定是说了什么或做了什么才点燃了这个导火索。她想到这个癌症就像是身体内无法读懂的铁锁,就像客厅里铺的一张高级漂亮的地毯上的图案无法一眼看穿内藏着一个妖魔鬼怪在奸笑,她不知是否能预知未来要发生的事。她想:"三十九岁还年轻。"她走过街时哀叹了一声,自问一旦死亡慢慢来临的时候——因为一般来说死亡总是缓慢到来而不是快速的,是否会感觉周围的人渐渐模糊,是否会看到越来越少的光亮,眼睛看到的地方会越来越少,我是否会像老年人一样变成蓝色,我所学到的知识和经验会怎么样,这些东西会变成什么,会跟我一样埋到土里吗?或是在我的大脑周围游荡尔后消散到空气中?

她这才发现,这些年以来每读完一本书她都会寻找一个灵感,就是令她如何想象死亡的一种办法。要越过的障碍是在我的脑子里,她想,其实是没有障碍的。有人在地上画了一条线,我轻而易举地跨过去,从这边跨到那边。嘿!事情就这么简单。在这边,我活着,到那边,我就死了。可以说是我自己发明的一个舞蹈动作。

她还想,我得回瓦塔布纳。她这么一想把自己都吓了一跳,差点就停在十字路口中央。好在时间还早,这条安静的街上车辆不多。她抬起头看了看阴霾的天空想,我要回到瓦塔布纳去。想到这儿她松了口气,她知道这种轻松不过是虚幻的,不过不要紧,这样一来她迈着碎步静静地回到了捕鲸小巷。

9　重要问题

　　就在他们一起生活了十八年之后的某一天,伊沙加和她一起谈了谈假如他们得了不治之症将如何做。伊沙加说人家如果告诉他说他将不久于人世,他会跟他的至爱薇拉·坎迪达守在一起好好享受生活中最后的时光,他说:"我们一起去农村找个地方让我安静地死去,到最后时刻我会要求你帮助我。"薇拉·坎迪达当时摇了摇头说:"对不起我的爱人,我想要的是到所有没去过的国家旅游,我要天天过节直到疲劳死去而不是被癌症折磨死。"伊沙加笑了,他当时一定在想不会有人在听到自己没多少日子可活时这么干。之后他想到如果自己真得了什么不治之症她会不会愿意陪伴在他身边。"重要的问题在于:如果我只有几个月可活你将怎么办?"

10　罗丝·布斯塔曼特重外孙女的基因缺陷

薇拉·坎迪达在离开拉荷美里亚和她亲爱的伊沙加之前的几天决定跟她的女儿吃最后一次晚餐，至此她还没跟任何人说过自己的病情。她又一次进入自己独特的隐私领域，同时非常明白其界线和相关的法律规定。

莫妮卡快二十四岁了，她长得很漂亮，有跟母亲一样的眼睛，一头黑黑的浓密长发披在脑后像一幅奥斯曼长毯，这头长发是这世界上最美的一件作品。看着莫妮卡渐渐远去的身影比看她走近更有韵味，正是这头长发的效果看起来十分迷人，而她目光的威力则简直令人无法直视。

薇拉·坎迪达跟女儿约好在博物馆旁边的一个餐馆见面，莫妮卡平时不打工时几乎总是泡在这家博物馆里。她学的艺术专业令薇拉·坎迪达宽心，因为她来的那个地方是不用学习的，更不用说莫妮卡学的是一无所用异想天开的学科。对薇拉·坎迪达来说，这说明她让莫妮卡·罗丝远离了瓦塔布纳、赫罗尼莫、飞鱼以及食人魔兽。伊沙加看问题更现实，对她说了不止一遍："这不过是社会阶层的上升，没什么新鲜的，很正常。"

无论如何，这便是薇拉·坎迪达的自豪。

她早早就来到餐馆坐在窗前，好看着她的女儿从街对面迈着威武的步伐向餐馆这边走过来，女儿看不见这边有人正在观察她。薇拉·坎迪达一直喜欢这样做。莫妮卡小时候跟她单独住还没有决定跟伊沙加住在一起时，她常带她去海边让她自己玩，然后说服自己以前并不认识这个小女孩这是第一次见，她试图设想如果不是她女儿的话是否会为这孩子的美丽所打动。薇拉·坎迪达想，很难忘掉这孩子不是你身体的一部分，很难一直不把她认作是自己附加的一个成员和自己完美身体的一部分。

就这样，薇拉·坎迪达看着莫妮卡迈着她熟悉的威武步伐从街那边转过来。她走路时扭动幅度很大，这是她从耶枣树上掉下来后留下的后遗症，薇拉·坎迪达心想，其实我比她更结实。她看着她，高高的个子，黑色的头发，稍黑的脸盘，头发则是女骑手式的自由状，她又想，其实我不仅强壮而且苛刻。

莫妮卡过了街，薇拉·坎迪达心想为什么不是所有的人愿走回头路。莫妮卡走进餐馆，她的目光扫过大厅看见了母亲，她的脸不是微笑而是一下子亮了起来，但神情仍是有些忧郁。她穿了一件上面缀满装饰的黑色连衣裙，这条裙子该有四十年了，莫妮卡总是穿老女人的裙子，像是专门为了令人难堪。她不戴首饰，只有这条<u>丝丝缕缕</u>的黑色裙子把她装扮得美丽动人。

"你真漂亮。"薇拉·坎迪达等莫妮卡坐下来后说。

这时莫妮卡才微笑，更准确地说是她的右脸在笑。如果把莫妮卡的脸从中间一分为二，一定有一半会留有严肃和一点敌意的神情，而另一半则时不时露出些嘲讽、调皮的表情或一丝情感。

"我喜欢你外套的颜色。"莫妮卡说。

薇拉·坎迪达心想话头开得不错，莫妮卡看起来挺配合。

"这叫什么颜色？"莫妮卡问。

"是我一直想要的颜色。"薇拉·坎迪达回答。

莫妮卡笑了半秒钟，薇拉·坎迪达感谢她。

"我想跟你说件事。"莫妮卡咳了一声说。

"我也有件事。"薇拉·坎迪达说，这会儿她真不知当初是谁提议要见面的。

"你选好了？"莫妮卡看了看菜单。

薇拉·坎迪达专心看着她，心想，这是我最后一次见女儿。

"你选好了？"莫妮卡有点不耐烦地又问了一遍，她抬起眼看见母亲的表情口气就软了下来："你感觉不好？"

"不太好。我的女儿，你不是有事要跟我说吗？"薇拉·坎迪达心想，我可以当殉道的母亲，先说你的事然后再看还有没有时间说我的……

"我决定中止学业。"莫妮卡等服务员订完菜后说。

薇拉·坎迪达感觉心中一座大厦正在坍塌，她想，她一定是遇到男人了，她怀了孕，她想在家当家庭主妇。

"我要去安哥拉照顾避难的人。"莫妮卡接着说。

安哥拉对薇拉·坎迪达来说没什么意义，她只大概知道在那边的密林里有可怕的战争，那边的人说葡萄牙语。

"你不会说他们的语言……"她有气无力地说。

莫妮卡瞪大圆眼睛，随即决定假装没听见母亲的话。莫妮卡的眼睛是蓝色的，里面有棕锈色斑点，肯定是遗传原因，这使她的目光有很强的穿透性。

"我觉得在这里没有什么能证明我存在的意义。"她说。

薇拉·坎迪达没太明白这句话，她只看着摆在她面前的蔬菜盘子。奥拉伯医生建议她吃这类食物，她已经吃够了。她思考着女儿跟她说的话，但又感觉这句话正消失在她的记忆中。她的外祖母常常说："你的记忆就像是一个巨大的柜子，上面有无数个抽屉。有些抽屉会时不时卡住，但不是记忆本身出了问题，而是机关出了问题。""我是不是心血管有毛病？"她觉得自己走在一个软绵绵的台阶上竭尽全力在抓住莫妮卡跟她说的话。

"我理解。"薇拉·坎迪达无奈地说，因为她知道在这种情况下她只能对女儿这样说，"你准备什么时候走？"

"一个半月以后。"

"你自己去吗？"

"差不多吧。"莫妮卡微笑着回答，"跟其他三十多个和我一样的志愿者。"

"噢，噢。"薇拉·坎迪达随机应诺以便接受这一新的事实，再思考提另一个不得罪女儿的问题，"那你不打算利用远程教育继续学业吗？"

薇拉·坎迪达有两个问题是绝不该提的，这是其一。另一个是："你有男朋友吗？"

"不学了。"莫妮卡接着吃她的胡椒面条。

薇拉·坎迪达感觉好时机已经错过，她无法再跟莫妮卡讲她要回瓦塔布纳以及为什么回去的事了,任何解释都会让莫妮卡认为这是对她表示不满或是劝诱她回心转意。莫妮卡将会很自然地认为薇拉·坎迪达的痛苦就是对她的责备。"你对我发脾气而我正经历着死亡。"这种说法薇拉·坎迪达觉得既不应该也不愿意,她只想在尊严与体面的情况下离开自己的亲人。她看着自己的女儿想象着有上千公里将分开她们,想象着瓦塔布纳与安哥拉之间的大海:"这国家的首都是哪儿?"时差:"我将永远不会跟你在同一时间里睡觉。"以及沟通的不顺畅:"到时谁来告诉你我的死讯呢?"

她叹口气埋下头,把盘子里的菜搬来弄去好造成吃过的痕迹。这时她的女儿则无声地大快朵颐。薇拉·坎迪达意识到她只跟女儿才会出现这种尴尬的局面,没人相信她跟莫妮卡说话会这么拐弯抹角犹豫不决。伊沙加会跟她说:"别再保护恭维她。"薇拉·坎迪达不知道自己跟女儿在一起时为什么总是缺乏主动和决心。直到吃完饭她们几乎没再讲话,莫妮卡也没叫咖啡,等她母亲结了账她才放下心。她看了眼外面,知道自己只有一个愿望,就是走出去,走出母亲的影子。母亲由于过于希望不招眼反而变得随处都在,从来不愿造成麻烦其结果却令人不快。"别再猜我的想法,别再以我的名义说话。"如果这时薇拉·坎迪达说:"你走吧,我来付款。我知道你着急走。"这句话会使她安下心来——但莫妮卡从来没有表示过她着急。

"再见,以后见。"亲吻面颊,有点犹豫,一个手势,目光没有交汇。"给我打电话,亲吻伊沙加,再见。""去吧,以后见,我来付款,我还想待一会儿。"莫妮卡穿上小外套快速向外走去,好让母亲觉得她确实很急。她来到餐馆外松了口气,感觉到解脱后的轻松，同时夹杂着自责的心理。她心想，我总不能再回去跟她道别。她犹豫着，而犹豫的时间已经使这种可能性不再有。她穿过马路走开了，快走到第一个拐角时脚步慢了下来，突然有股没来由的悲伤袭来，莫妮卡，她真希望自己快速跑到街角处彻底消失在母亲的视线外。她想象母亲一定在玻璃窗后看着她离开的身影，她突然有种要哭出来的感觉以及一种无尽的疲惫感。

11　永别伊沙加

在彻底离开拉荷美里亚之前，薇拉·坎迪达给她的至爱伊沙加留了一封信。

她准备自己的东西，把想到要带走的东西都放在床上，然后一样样拿开以便轻装携带。最后留下四件T恤衫，一件毛衣，几件内衣和两条裤子，还有钱、药、止痛药和奥拉伯给她开的吗啡膏药。然后她在床边坐下来，拿起一本杂志垫着给伊沙加写信。她跟他说她爱他并永远爱他，现在她要走了而且永不再回来，因为生活就是这样决定的，没有谁能够改变得了这个结局。她又重新看了一下信，觉得很感人，像是在看一部悲剧电影的结局，而这一切跟她自己并没有关系。她想起来应该用他送的那支钢笔，而不是用这支从来没去过的旅店送的圆珠笔写信，上面还有旅店的名字。

她继续写："我爱你我爱你我爱你我爱你比利小子。"

这是他们共同生活最初几年的习惯，他们互相留纸条，句子都连在一起，唯一能看懂的办法就是大声读出来。他们喜欢这样给自己找麻烦猜谜，他们一起欢笑，一起迷恋，觉得他们的这个发明非常有趣，纸上从来不会留有空白，他们的话语就是绵绵不尽的爱情宣言。

"我爱你我爱你我爱你我爱你比利小子。"

她收拾好东西在公寓里转了一圈,他们一直住在伊沙加的半地下室公寓里,客厅那扇大落地窗的一半总是面向繁茂而零乱的花园。薇拉·坎迪达喜欢这个地方,在这儿可以像从半露的掩体里一样观察外面的世界。

"我爱你我爱你我爱你我爱你比利小子。"

她站在客厅中央睁大眼睛想了一会儿。从她已经失去的东西来看,她意识到最希望找回的是冬天与小女孩时的莫妮卡坐在海边。她的身体原来是有期限的,当然这也是令她最希望找回的。当她只剩最后一个希望时她想要的就是跟莫妮卡·罗丝在一起,两个人一起坐在光秃秃的地球上。

她坐到沙发上给她打电话,她知道会是留言因为这会儿莫妮卡应该还没有从打工的餐馆回家。她手上把玩着茶几上的瓷烟灰缸想着女儿,想着当她听到母亲的留言时会是什么表情,她的头是什么位置,她的眼神等等。她又打了一次,因为第一次她没找到合适的字眼。这回她留下一句很简短的话没太多表示忧伤,但由于她没拿住烟灰缸掉在水泥地上摔成了两半随口骂了声:"噢,妈的!"结果就在给女儿的告别留言里有一句"噢,妈的!"她不知能不能抹掉留言再重新来。手上拿起笔,她又打了第三遍跟女儿解释说为什么她骂了那句话还说她爱她爱她爱她。她挂上电话感觉自己把出走这事搞砸了。她把地上的烟灰缸打扫干净收起碎片,把给伊沙加的信成心斜着放在矮桌的中间,向后退一步看看效果,觉得自己在地下室这样准备自己的出走很可笑。让人感觉我要上吊似的,她心想,然后拿起背包毅然走出家门。

第四部 重归瓦塔布纳

1 圣母马利亚的斜视

那位老妇人站在栅栏后面,脖子上挂满了花里胡哨的项链向薇拉·坎迪达示意离开后来成为快餐店的她外祖母的小木屋。她邀请她转到后面来到她家的厨房里坐一坐。薇拉·坎迪达并不记得她外祖母木屋旁边有这么个邻居,或者记不清了。她依稀记得小时候这里只不过有个没人住的小棚子。她慢慢走近原先那个小棚子现在成为这老人的家,感觉前所未有的精疲力竭,像是她背了几吨的重物在爬山,寸步难行。可能是由于她事先想好的落脚地不复存在便不知如何对付自己慌乱的情绪。

棚子里看起来有两间房,一间是老人的睡房,算是厨房的那一间整堵墙都排满了她自己做的罐头。有些罐头像是有年头了,五十年吧,里面黑漆漆的完全有可能是装了用甲醛浸泡的尸体碎块。厨房朝外的门口处架在两个凳子上摆放了一台黑色庞然大物般的超大型电视,不知是谁把它放在这里像是专门给巨人看的。

老妇人一边嘟囔一边行动着,指着一个凳子让薇拉·坎迪达坐下,从久经历史沧桑的橱柜里拿出两个厚厚的杯子再从水池底下拿出自制的烧酒一边还不知疲倦地唠叨着老掉牙的故事。薇拉·坎迪达心想，现在是七点半，她怎么会起得这么早却仍然保持着如此令人羡慕的长寿。她试图回忆起这个老女人年轻时的情形，但怎么也想不起来。她的记忆越来越差，似乎全装进了一口无底的深井里再也挖不出来了。

老妇人终于坐在了薇拉·坎迪达的对面，她给她倒了一杯芒果酒，薇拉·坎迪达根本不想碰那杯子但也不愿打消老人给她倒酒的热心。老妇人身子一动不动非常精准地喝掉了小杯里的酒，而脖子则像舞者一样优美地弯曲，手腕抬得高高的，优美、有效。

"你长得真像罗丝，完全是她的再世。"老妇人说。除了身上的项链以外，她还穿着一件带花边领子的破衬衫披了一条拼图钩针披肩，黑红黄蓝色都有。薇拉·坎迪达想到自己的女儿就特别喜欢这样的装束。

老妇人观察着薇拉·坎迪达，又说："只是眼睛的颜色不一样。"

"您知道我的外祖母罗丝？"

"你说我知不知道她？"老妇人说，"你觉得她还活着吗？我跟罗丝的年龄一样，你相信吗？我是她最好朋友里最忠实的朋友。我一直帮她到最后一刻。来吧，你猜猜我的年龄。"

"她死了？"

"姑娘，猜猜我的年龄。"

"八十岁。"

"嘿嘿！"老妇人笑了，又给自己倒了一杯，还示意让薇拉·坎迪达喝。看出来劝不过她只好把她的杯子拿过来，每只手各握一只杯子。

"天一亮我就不喝酒了，因为气温高我会头晕。但今天我有客人，是吧？只好破例了。"

薇拉·坎迪达想象着这杯酒会在自己肚子里产生什么样的效果，想到这个她的脸扭曲了一下。老人接着说：

"罗丝死了，埋在墓地了。你要是愿意我可以带你去看，我们给她摘三朵花，你可以帮我清理墓地，我的精力不够了。"

之后她又问道："咱们给她摘三朵花好吗？"

薇拉·坎迪达点了点头。老妇人站起身跟她说："你把东西放在这儿吧，我们一会儿回来。你慢慢跟我说回来想干点什么。"说完她就往门口走去。"我们给她摘三朵花。"她抄起房门外小凳上的一把剪子，"我们给她剪三朵花就成了某条街。"薇拉·坎迪达小心地呼出一口气，她真想稍微休息一下。但没办法只好把包放在木屋的一角跟上了老妇人。

墓地在村子尽头白色小教堂的后面。薇拉·坎迪达又看到了奇怪比例的圣母塑像，因为她的腿相对身子来说很短。圣母在这里是要保护渔民的，能看到她的双脚，或是在石膏裙子底下能看到的右脚放在木盆里，其实就是一只小船的船头指向大洋。薇拉·坎迪达停下来看了一眼，雕像被重新油漆和镀过金。这座木雕，包括教堂的梁柱和祭台都是用报废的木船制作。圣母的眼睛是天蓝色的，眼神里有种深深的忧愁，她的眼睛稍有些对眼，显得不那么仁慈。

"薇拉·坎迪达，"老妇人从墓地那边尖声叫道，"到这边来，跟我过来。咱们到这儿来不是为了傻站着。"

薇拉·坎迪达推开墓地的铁门看到蹲在墓碑前的老妇人，那是维奥莱特，她母亲的墓。老人从墓的凹陷处找出来一把刷子、一个桶、一串念珠和一条纱巾。她把路上摘来的野草放在桶里把这东西庄严地交给薇拉·坎迪达说："去水龙头那儿装满水，别让它干了。"

薇拉·坎迪达按照老妇人的意思做完之后站在她身边看着她趴在地上用小刀和刷子清洗爬上石碑的野蔓叶。"你看看，你看看。"她挥舞着小刀带点威胁的意味说。薇拉·坎迪达顺着她的目光，看见她母亲的名字上面写着外祖母罗丝·布斯塔曼特的名字，她这才知道罗丝是两年前死去的，这消息令她四肢酸软无力。"两年前，时间很长了。"她自责自己不孝，而老妇人用她昏花的老眼观察到了，口气轻松下来对她说："别难过，她没受什么罪，是在睡觉的时候慢慢死去的。最先发现她的是我，我还从来没见过死得这么安详的。安息吧。"说完她画了个十字。

看见罗丝和维奥莱特埋在一个坟墓里她先是很伤心继而又放心了，她知道自己也是来与她们会合的，当她的病痛不再折磨她以后，她会到这里来找她们并在此安息。她想马上跟老妇人讲这件事，但看见她正嘀嘀咕咕的就打消了这个念头。坟墓上有些塑料花装饰，薇拉·坎迪达走近，看见罗丝的照片放在一个透明塑料纸里，照片上没什么颜色，贴在一个用冰淇淋盒子做成的祭台小房子上，所有这些都用瓶盖和油漆过的小石子装饰，两只可乐瓶子当花瓶放在祭台的两边。薇拉·坎迪达再靠近一些。

"她没受罪。"老妇人又说。

她想把照片拿到手上又怕照片化成灰又怕老人大声喊叫，这啤酒瓶盖的祭台定是她做的，因此她只尽可能地接近看见她的外祖母在冲她笑冲她皱眉而且与自己的表情一模一样。其实照片上只看得见眉毛和嘴，没别的什么，照片已与塑料纸粘合在一起而图像被错开慢慢要消失了。罗丝·布斯塔曼特死了，埋葬了。

"她没受罪。"老妇人再次说。

薇拉·坎迪达真希望她别再说话，她感觉走了这么长的路来这里已经疲惫不堪，离开大陆和拉荷美里亚回到瓦塔布纳，穿越大洋和小岛最终看到的却是罗丝·布斯塔曼特的墓碑，尽管她也知道罗丝还活着的可能性不大，但薇拉·坎迪达还是希望这一次能看到奇迹，希望罗丝仍在海边的小船里等着她，她其实应该可以坐在摇晃的小船里推迟她的死期。

薇拉·坎迪达身边的老妇人一边往凹陷处收拾东西一边说：

"你知道吧，她当时可是瓦塔布纳最漂亮的姑娘。"

薇拉·坎迪达帮她站起身，老妇人继续说：

"她完全可以把任何一个人玩于股掌之中。"

之后她示意薇拉·坎迪达跟上她走出墓地。

"从来没有人想到过，"她接着说，"她居然就是因为那小无赖赫罗尼莫糟蹋了自己的一生。"

"赫罗尼莫。"

"赫罗尼莫。对不住跟你提起他，虽然他是你的外祖父。但这是事实。"

老妇人说完继续走路。

薇拉·坎迪达关上墓地的门小心地跟上老妇人，两臂贴紧身子，全身累得直抖。尽管瓦塔布纳炎热的天气而且她还吞了药，但她仍然有点发低烧。她低着头跟着老妇人，心想这老混蛋赫罗尼莫现在到底怎么样了，他是否还住在山坡上的侯爵庄园里，他是否已逃跑或是瓦塔布纳某些有理智的灵魂最终将他像金花虫一样彻底清除掉了呢？

2 责备

去过墓地之后，薇拉·坎迪达回去取了背包并向外祖母的朋友老妇人说她要休息一下。她到瓦塔布纳唯一的一家旅馆宝藏旅馆去投宿，宝藏旅馆其实是原村长的老宅。赫罗尼莫刚来时就住在这里，也是在这里他约罗丝·布斯塔曼特见面，后来占有了她；还是在这里人们发现维奥莱特在森林里被暗杀后爬了满脸蚂蚁的尸体就停在这里。

薇拉·坎迪达上楼来到房间，其实所有的房间都是空的，钥匙都挂在接待处的红板上。她累得感觉能一连睡上一百二十个小时。她打开窗户，窗沿上摆放了十几根许愿蜡烛，烛身上刻有圣母圣子或只有圣母的像，有蓝色、红色和白色的，有些用过，她以颜色和长短从左至右分开摆放，等把一切都整理好，她就靠在窗台上看右边的山坡，森林里有些黑色的影子，山坡上散落着些瓦顶小房子，山上流下来细小的脏溪水像是身体里渗出来的体液，这一切都像是内战过后的避难集中营。薇拉·坎迪达想起她的女儿而这一思念又引爆她胃里剧烈的疼痛。她趴在窗台上，但从这个地方看不到她外祖父的庄园。旅馆老板娘给她安排了这个房间因为这里可以看到港口后面起伏的大海。薇拉·坎迪达双手仍然撑在窗台上，把呼吸调均，呼吸着瓦塔布纳的空气以及她曾经最不喜欢的混合着灰尘、油腻和湿土的味道。有人在街上走，抬起头来看她，她冲他们点头，他们也同样回礼。

她答应老妇人要回去看她的。她有点后悔没有在背包里塞些小玩意当作礼物，如果外祖母还健在的话除了她自己亲自来看她以外会送什么东西给她呢？她这才意识到她的记性如此差，痛苦地想到自己一点也不大方。"我到底是什么样的人呢？"她不由得自问。她继续看着自己家乡街上行走的人们，她觉得这些人她都认得，但她也看到一些从未见过面的人。她看到小孩子们手里拿着书走来走去。现在这里有图书馆了，她心想，这使她陷入沉思，她想到伊沙加，自从她出走以来她感觉时间是以另一种方式在继续，她不知道对他是不是也一样。共同的生活是正时间也是反时间。"我不愿意在他的眼皮底下变老。"

她希望他不要到这里来找她。

没有她平时交谈的对象她感觉无比孤独，她的舌头被割掉了，她不知该跟谁讲话。我抛弃他了吗？别人会不会觉得我把他抛弃了，现在我该如何处理我所知道的他的一切？如果我白白地认识了他我的结局会如何？

就在她撑着胳臂脑子里掠过这些黑暗的想法时，她感觉自己的身体正在虚弱下去，她的背越来越弯，双肩越来越弓，肚子的疼痛就像是一门发射的炮，像是要吞噬掉她。得采取点办法，吃点东西或是满足它的一些无理要求，好让她有时间喘息休整一下。她离开房间下楼看有什么东西可吃，旅馆老板娘玛雅太太并不认识薇拉·坎迪达，她来瓦塔布纳不过十来年。她先让薇拉·坎迪达等一下,之后请她到阴暗无人的饭厅就座。十来支烧过的蜡烛横七竖八地在放在桌上和点心上。玛雅太太给她端上来一份豌豆汤和面包,薇拉·坎迪达问她村长和他儿子现在怎么样了,她不知道为什么要提这个问题,她不知道多少年没想到这个村长的儿子了,而他很有可能就是自己的父亲。玛雅太太说她不太了解这件事,说是因为什么钱的事不太明朗,有些非建筑用地什么的,村长当年没能当选,所以他就带着儿子到别处去了,听说他们到了美国的内华达去猎野马,但是玛雅太太还听到别的传言,说是他们在波兰的格但斯克做些倒买倒卖生意,"大土匪。"玛雅太太说。她最后说其实谁也不知真实情况如何,人们一旦离开了这个岛,基本上就不知去向了,离开的人一般也不太会告知他们的行踪。不过她既然看薇拉·坎迪达敢提这样的问题,就开始怀疑她来此地到底是什么目的,"来旅游?"她狡黠地问,"您需要在报纸上写导游文章吗?"玛雅太太最希望是这个,但没人为了这个目的来这儿。看见薇拉·坎迪达没回答,她又问:"夫人来这儿是为了休息?"玛雅太太吹嘘了一下瓦塔布纳的含碘空气。薇拉·坎迪达心想,难道我看起来这么虚弱吗?女老板给她推荐了她做的石榴汁饮料,她把薇拉·坎迪达一个人留在这个到处是蜡烛的奇怪而死一般沉寂的饭厅里。老板转回来想听到她的回答,弯下身在碗柜里取东西,手撑在腰后,想必是保护碎成小片的尾骨,她耐心地等着薇拉·坎迪达跟她聊天。其实薇拉·坎迪达一点也没想掩盖她来这里的目的,她说:"我来是寻找我的外祖母罗丝·布斯塔曼特。"然后她又低声加了一句:"撑走我的外祖父赫罗尼莫。"那女人摇了摇头:"我不知道罗丝·布斯塔曼特曾经有过一个外孙女。"可奇怪的是她根本不提赫罗尼莫，好像薇拉·坎迪达说的后一句话是长波段音她根本听不到。

"我不知道罗丝·布斯塔曼特曾有过一个外孙女。"她心事重重地又说了一遍，"她死的时候得有一百岁了吧。"

之后她做了个谜语似的总结：

"这女人很怪的，她死之前头发和牙齿都在。"

薇拉·坎迪达感觉到好像有一百五十名醉醺醺的旅客一下子充塞了这间饭厅令她感到难过之极。

3 老妇人的圣灵

薇拉·坎迪达一下午就在内院里等待夜晚的到来,她抬头看着头顶上四方阴暗的天空,看见蝙蝠在飞,也看见云彩像高台阶上的小教堂形状。她回到房间,睡两个小时起来在房间里转来转去,关上窗户再睡三个小时,再起来喝杯水,贴张吗啡药膏,躺回床上再睡三个小时,醒来后抓起床头柜上的药吞下再次睡过去。

夜晚过去之后她感觉比睡之前好不了多少,但她仍然下楼去给老妇人买了个礼物,在街角一家商店里她找到一个上面印了圣母显灵的彩色雕刻像章,还买到一些扎在铁丝上用绿纸包装的红蓝布花。之后她去敲老妇人的门,敲了很久老人才打开门,看上去脸色不太好。她请薇拉·坎迪达坐在零乱物品中间对她说:

"你外祖母留下一个小箱子。"

她走出房间到了一个杂物间里,从外面可以听见她苍老的声音,听上去像是走在山洞撞在墙壁上时骂骂咧咧地想走出来。

"我把它留给你或你女儿,知道你们总有一天要来。"

薇拉·坎迪达感觉一阵头晕。

她又听见老妇人说：

"是拉荷美里亚的泰莱丝或是安娜，我也忘了是谁了，反正就是那个高傲的女子一年回瓦塔布纳一次，她说你曾住在她家而且你肚子很大，后来你外祖母就收到了你的信说起你的女儿。"

薇拉·坎迪达想回答她，但估计自己的声音传不到老妇人的杂货间里去，而她还在里边大声说话：

"反正不管怎么说，你外祖母知道你走的时候怀了孩子，可人儿。"

薇拉·坎迪达感觉她的胃在翻江倒海全部纠结在一起。老妇人接着说："不过你当时无论如何得离开这里才能打破命中注定的噩运。"

薇拉·坎迪达都不知道自己有没有足够的力气站起来去看看她在里面干什么，以便不用大声喊着跟她交谈，问她所有她想问的问题。这时老妇人出来了。

"我不记得您了。"薇拉·坎迪达这样说。

"这不奇怪。"

老妇人用手扫了一下手中的东西，她从杂物间里拿出来一个手提箱。薇拉·坎迪达艰难地站起来帮她一把。"她能把这箱子放在哪儿呢，厨房里地方这么小。"

"您当时不在这儿住吗？"薇拉·坎迪达问她。

"我从来没走出过瓦塔布纳。"老妇人喘着气说。

她推了一把摇椅，摇椅上下摇晃着发出吱嘎的声音，她的脸跟薇拉·坎迪达送给她的花一样红。薇拉·坎迪达问她："这就是您说的我外祖母的箱子？"她奇怪怎么从来没见过。

老妇人弯下腰,她弯得太厉害像是要倒下来,她这才看见箱子是锁着的。她骂了声什么。这箱子很古旧,用纸板做的表面上贴了点皮子,四角镶有金属片。薇拉·坎迪达根本不想打开看,她觉得里边不过是些旧物,比如跟用卡宾枪打破了洞似的旧花边,还肯定有一些粘在一起发黄了的旧《读者文摘》,可能有薇拉·坎迪达自己小时候的照片。可她并不真正想看这些照片。

"你在哪儿住?"老妇人终于坐下来问道。

"宝藏旅馆。"

"你应该住到这里来。"

"到您家来?"

"对。"

"可这儿没有地方。"

"总能腾出地方。"

薇拉·坎迪达想知道这老妇人的名字,她竭力在记忆的抽屉里搜索着,所有还没有卡住还能滑动的抽屉,可怎么也找不到与这老妇人相关的信息。她真是觉得老人所住的小木屋尽管跟外祖母很近,但在她孩童时代是不存在的,或至少不像现在这样如此"现代化"。

"我走的时候还很小。"薇拉·坎迪达开始说。

"也不算小了。"

"我还小,"薇拉·坎迪达继续说,"我不记得您的名字。"

"我叫玛丽亚·维尔戈·爱斯皮里图·桑蒂,叫我孔索罗就行了。"

薇拉·坎迪达皱了下眉,仔细观察这张像老土豆一样瘦小而干瘪的脸,不知这老妇人是不是在跟她开玩笑。她坐下来,突然累得不行。

"你得病了。"老妇人说。

她弯下腰,从桌子底下拿出来一个放了酸辣椒的罐子,一点烧酒和两个杯子。

"拉荷美里亚有没有老实可靠的男人?"

薇拉·坎迪达闭上眼睛,她知道老实可靠是什么意思。

"我有过一个爱人。"

"他死了?"

"没有。"

"那你没有失去他。"

"我不回去了。"

"明白。"

薇拉·坎迪达想换个话题就向箱子努了努嘴:

"里面有些什么?"

"谁知道。"老妇人在杯子里倒上烧酒回答说,随后加了句,"等我喝完了这酒你也不那么疼了咱们就去邻居蒂曼家借个镐头把它弄开。"

她作出一副狡猾的模样让薇拉·坎迪达想起某个人。

"没有哪个顽固不化的蠢猪能不败在我的手下。"她说。

她又倒了一杯。

"听说拉荷美里亚那边用手术可以起死回生。"她继续说。

"可能吧。"

"你没试试?"

"有时候他们打开又合上不管什么用。"

"因为情况太糟？"

"因为情况太糟。"

"你就是这样？"

"他们没打开，他们不用打开也能看见。"

"是啊。"

像是在思考什么，老妇人盯着挂了各种各样篮子的天花板发呆，有的盛了贝壳，有的是螃蟹，有的是可食用蘑菇、不可食用蘑菇、致死的蘑菇、有毒令人难受的蘑菇、让人残疾的蘑菇以及有毒但能治病的蘑菇，有玫瑰浆果，有绿杏仁，还有楝树。她若有所思地说：

"这是进步。"

她点点头像是找到了为什么星星总是会挂在天际的原因，她看起来很满意。

薇拉·坎迪达问她："赫罗尼莫还住在山坡上的庄园里吗？"

老妇人眯起了眼：

"好长时间没人看见他了，不过也就是因为他没走出那扇大门，他应该还在里面。"

说完她闭上了眼睛。

"卑鄙的人命硬。"她声音很低。

然后她睁开眼睛站起身出门了，她去找邻居，让薇拉·坎迪达一个人单独待在厨房面对着这个古老的箱子听着冰箱沉闷的轰轰声，由于冰满了出来冰箱的门关不上了，仿佛冰箱关不住这个魔鬼般的冰块了，而且它马上就要占满这栋房子。它挥舞着尖利的冰刀，集中起寒冷的力量对付这老妇人，这东西很吓人。薇拉·坎迪达心想,肯定是吗啡让我想入非非。之后又想,我得想办法集中精力做点事。这时老妇人拿着镐头回来了。薇拉·坎迪达心想,好啊,她来打我一下结束一切吧。可老妇人向箱子走去,推了推箱子,像强盗一样熟练地把镐头插入空隙中。薇拉·坎迪达这会儿一点力气也没有,她只想着这老妇人怎么才能把锁打坏。好像老人明白了她的意思,抡起镐头使劲砸向锁把它打成两半,她手臂上的肌肉全都露了出来,看起来骨头上全是肌腱,没有任何赘肉,也没有任何其他生命迹象。箱子打开了,老妇人放下工具向薇拉·坎迪达示意。

"过来。"她说。

薇拉·坎迪达走过去,第一眼看到的只是些奥地利公主的旧式裙子。

"茜茜公主的裙子。"老妇人有些兴奋地尖声说。

她拿起一件,像是蜘蛛织的,风一吹就能散开。

"这些裙子都带梅毒。"老妇人抱怨说,一下子安静下来了。

薇拉·坎迪达想起花蝴蝶的翅膀会沾在手上,不久就会全变成有色粉尘继而全部消失。

"别动。"她说了声,"什么都别动。求您了。"

老妇人孔索罗往后退,坐到了屋外的塑料贴面椅子上。

"这是你的宝物。"她说,梦呓般的语调轻得薇拉·坎迪达差点没听到。

而薇拉·坎迪达像是困在琥珀中的苍蝇不知从何处伸出手。她先是蹲下身再跪下来后来干脆坐在地上双腿放在一边最后又蹲了起来。她像做心脏移植手术一样一件一件把东西轻轻拿出来，一共有六件裙子，一双红色带锈斑的鞋子，一只女士手包，上面饰满了闪光的圆片，一床磨得发光像是脱过皮的被子，还有只钓鱼盒子里全是照片，全发霉粘在了一起。薇拉·坎迪达不知道自己是否有足够的勇气把它们一张张分离开再一张张看，之后她决定还是什么也别做。她记得外祖母曾有一个机器，就是一个方形的东西转动起来可以发出奇怪的声音像是个玩具，但现在里面只剩下弹簧什么也没有。罗丝很小心，先是把它包在报纸里，再包一层布放进铁盒里，怕瓦塔布纳潮湿的空气会把里面的胶片和机械部分毁坏。薇拉·坎迪达当时就知道这根本不是玩具。照片上放了些孩子的头发，她不知道这是她自己的还是维奥莱特的。

　　箱子的最底下有十几个摆得整整齐齐的盒子在那里耐心等人来开启。薇拉·坎迪达打开其中一个，看见里边有些纸卷，打开一看，是债券，六十年前的。每个盒子里都是这些东西，六十年前的债券。上面写着赫罗尼莫和外祖母的名字，这是世界上唯一一个上面共同写着这两个人名字的地方，这些债券没有别的价值，只是为了证明这一切曾经存在过，而赫罗尼莫无论如何当时是想买外祖母的小木屋的。他当年一时的心血来潮现在只停留在这些印刷精美的纸片上，又像是金条证书。

　　薇拉·坎迪达把所有的东西都放回箱子后艰难地站起身。她走出门发现老妇人孔索罗已经不在塑料贴面椅子上坐着了。她往四下里看了看，阳光照着旁边被遗弃的快餐店。她不想等她了，只想回到旅馆去休息。她本来想给她留个条但她又不知道老妇人会不会认字，所以薇拉·坎迪达只是关上了门就走了。

到了旅馆，玛雅太太坐在门口一棵巨大的牵牛花架下乘凉看报，裙子挽到膝盖。"我身上太热。"她跟薇拉·坎迪达解释说。薇拉·坎迪达也站在阴凉里，靠着凉爽的墙皮，墙上抹的灰泥给她另类不同的感觉，她看见墙缝里藏着一只巨大的蜘蛛。薇拉·坎迪达现在已经不怕蜘蛛了，这还是不久前的事，她自己这样认为。之后又想，我是在此之前告知要死还是之后？突然她转过身对女人说：

"其实我得了胃癌。"

玛雅太太好像没听见，但她点了点头说：

"您真年轻。"

她想了想自己的回答又说：

"我儿子给您打巴拉金梭鱼[①]来吃，这种鱼能治好多病，就算不治病也能强身。"

她停了停又说：

"对面的邻居也得过胃癌或肠癌，我也不清楚，反正是肚子里的毛病。现在她没事了。"

薇拉·坎迪达差一点就想问她这种巴拉金梭鱼是否起了作用。不过她及时止住了，她最怕听到别人得病又糊里糊涂治好的故事，她也不知道为什么会把她得病的事告诉这个女人，可能是因为没有别人可说。

她更想知道这个女人认不认识住在快餐店旁边的那位老

[①] 又称鲟鱼，为身长两米的一种海鱼。鱼肉可食用，但时有毒素。——译注

妇人。玛雅太太放下裙子说:
"你说就在旁边?"
"肩并肩。"
"那个小屋里没人住。"
她摇了摇头就继续看报纸,觉得这事没什么可说的:
"那里边从来没住过人。"
薇拉·坎迪达挨近小凳子坐下,更准确地说是瘫了下来,她决定坐在这儿看着瓦塔布纳街上的小孩子们玩,这周围一定有什么神迹——薇拉·坎迪达不知道自己经历过瓦塔布纳的神迹,还是她外祖母给她编出来的,她的记忆开始出现混乱。街上只看得见一些小孩子跑来跑去像要去什么地方,路上连用拖鞋在地上拖沓游手好闲的年轻人都不见。薇拉·坎迪达觉得只有这里才会发生重要的事甚至有趣的事,她不知她现在是否身在此处还是一百年前那些神迹犹在时被人运过来的,那时候像现在这样热烘烘甚至有时沸腾的海水里会不会有飞鱼。她心想瓦塔布纳显然没有冰箱、没有吸尘器、没有熨斗,她感觉特别欣慰知道自己同时活在现在和一百年前。之后她想瓦塔布纳人家里的冰箱、吸尘器和熨斗和她在拉荷美里亚看到的完全不一样,这里简直是古化石机器标本,她敢肯定;她真想吻一下空无一人旅馆里的老板娘,这里从没人来过,从没人对此地感兴趣,因为这里像是象棋下到了僵局一样没有任何变化;她又想到时间,她想读些古书,但又不敢保证这里能找到古书,谁能想到找瓦塔布纳一百年前的书来看? 她又想到老妇人孔索罗,知道她的外祖母给她安排了一个幽灵,而且是这么一个老幽灵,因为她没有找到更年轻的,有可能年轻的幽灵更不容易配合，不容易建立关系、培养感情、召集起来、推到人世间来，毕竟是幽灵嘛。也许罗丝·布斯塔曼特根本跟年轻没有关系，她觉得让一个非常老的妇人幽灵来接待薇拉·坎迪达回归瓦塔布纳是个不错的玩笑。

4　锦缎腰带

薇拉·坎迪达去村政府，她等到第二天早上，因为村政府每两天开一次门而且是早上。这里有据称最有效的社会协助机构。她来这里查一下土地册之类的东西。

在村政府的手册与瓦塔布纳地图上——应该是十五世纪西班牙殖民者来此地时制定的地图，上面还画有密林动物图和沼泽植物花，她要找那家快餐店和旁边的小木屋。一开始她以为找不到，结果真找到了，她看见后来成为快餐店的罗丝·布斯塔曼特的小木屋，上面还有新主人的名字，然后在那老妇人的木屋上写着罗丝·布斯塔曼特的名字。土地册上有个小叉表明罗丝·布斯塔曼特已去世。因此罗丝·布斯塔曼特曾拥有两处木屋，一处卖掉了，一处里面住着个老幽灵。好像没有人关心这里的情况，如果一年两年十年以后还没有人认领的话估计这里就会被夷平，瓦塔布纳的大多数事件就是这样处理的。

"这间小木屋是属于我的。"

她孩童时代所抛弃的那间住着幽灵的小屋是她的。

她决定第二天就把所有的东西都搬过去到小屋里住下来。

之后她又去找外祖父房子的土地册，村政府办公人员打着哈欠看着她。这女人上身穿着天蓝色制服衬衫，下身穿着一条极短的短裤，露出黝黑光滑而肥硕的大腿。开始薇拉·坎迪达没找到她外祖父的庄园，这令她欣慰，就是说所有以前人们告诉她的都是无稽之谈。后来她还是找到了，有人在上面标上了当年令罗丝·布斯塔曼特如此心悸的一百三十二个台阶，这其实并不是什么土地册，而是密林里一座庄园的图画。

她啪地一下合上了册子，把那穿衬衫制服的年轻女人吓了一跳，薇拉·坎迪达谢过她之后回到旅馆。现在她感觉有股神力，一定要把握住。如果有人这时问她要干什么，她的回答一定是这样的："去找外祖父报仇！"很长时间以来她一想到他嘴里就会冒出他生殖器的味道，这类事情是忘不掉的，充其量她会把它深埋心底，但永远忘不掉。

她为自己准备了一个包，里面装了水、药、一点吃的，还有一把刀，是她趁旅馆老板娘睡午觉时在厨房里拿的。本来她应该等到傍晚天气凉快一些才采取这样费力的行动，但她实在怕失去这会儿充沛的精力。她也知道伊沙加不会同意她的这种说法，他会说这根本不叫利用充沛的精力，他会说这是争取时间和揭露男人的丑行——男人的丑行这种说法会让薇拉·坎迪达全身出疹子。他还会跟她说些谜语似的话，比如："别把自己当成地震。"倒不是伊沙加喜欢说谜语，远远不是，而是他认为这样说薇拉·坎迪达会更明白，这句话的意思就是："你别自己去伸张正义。"

薇拉·坎迪达走的时候，玛雅太太还坐在牵牛花架的门前，薇拉·坎迪达从山坡的右边上去，她心想如果老妇人孔索罗、外祖母的化身陪着她就好了。又一想，做这种事还是独自一人比较好。她出了村子往森林里走去，她对这座山熟悉得简直令她头昏眼花。这段路她走了有一个小时,从苦楝树、棕榈树及其上面爬满了青藤和各种各样错综复杂的植物中间能够看到庄园的白石头墙,再走十分钟就到了一百三十二个台阶下了。

这座庄园已被植物吞没。

一群猴子似乎在此驻扎了下来,她见到大喊大叫在房檐上跳来跳去的猴子,它们用脚勾住粗得像普通大树一样的西番莲藤。它们歪过头来看她,长而忧郁的手臂吊在空中一动不动。

上台阶是件危险的事,有许多台阶不见了,而那些逃过了植物侵袭的台阶情况也很糟。薇拉·坎迪达千百次地诅咒她外祖父的狂妄自大,她一边爬台阶一边骂,这就给她自己打了气,她感觉汗水从脸上流下来,森林里的小飞虫全糊在脸上像是给她带来好运。她心想爬到上面她的灵魂也就交代了,这么个死法总归不甘心,她得喘口气静下心来。走到最高的台阶上面,她停下来把小包放在地上,弯下腰双手撑着膝盖,头晕得不行,可能是又发烧了,她喝了几口水。从这里极目望去,好像大海水底潜伏摇晃着一艘装满金子的潜水艇。看得见海湾那边有新的建筑,但由于太远,看不清建的是庄园还是贫民区,由于太阳的反光,无法辨认那边的真实情况。

薇拉·坎迪达根本就不打算按门铃,反正右侧的大门是开着的。有只小猴子在她前面窜了进去,为她指引寻找她下流的外祖父,这真是个甜蜜的讽刺。她咯咯笑出来的声音把自己吓了一跳,她不再害怕,现在或明天就可以死去,她怎么会害怕一个身体来源于他又由他进入的这么一个可恶的老家伙。她跟着猴子来到大厅,它真像是给她引路似的,就在损坏的地砖那边等着她。这些地砖是谁弄坏的呢?这老家伙疯了吗?把地砖一块块撬起来为了寻找那假定的宝藏吗?猴子们是否把这大厅当成了它们的储藏室,在地砖下面埋了果子和食物?还是森林里的藤子长进了大厅顶起这些威尼斯的双色地砖?外祖父在他破产之前到底在地底下埋了些什么?

他为什么会破产呢?罗丝·布斯塔曼特从来也没有明确说过,薇拉·坎迪达曾犹豫过上千次请伊沙加帮她查一下她外祖父到底是什么样的人,是一个牌桌上的赌徒跑到世界的这个角落里来隐居在自己的白色大理石和水晶庄园里?一个混账家伙跑到这个废墟里来结束自己的生命?难道是鲍里斯·齐默尔曼变成了格里申卡·科莫索夫?罗丝·布斯塔曼特给她讲的故事里有哪些是真实的?

薇拉·坎迪达心想,唯一一个确定的事实是,赫罗尼莫既是莫妮卡·罗丝的曾外祖父也是她的父亲。这绝对不是神话,其他都无关紧要。

薇拉·坎迪达站在损坏的过道里意识到她对赫罗尼莫有多么厌恶,这使她想起那个下午她到这里来告知维奥莱特死讯的情景,她想,这可恶的家伙当时都没意识到他是在跟自己的外孙女干那事。又想,这也不是借口。再想,无论如何他没权把我像小动物一样抓起来捆住,再把他那狗东西塞进我嘴里直到我恶心得想吐,谁有权这么对待一个小女孩儿?谁允许他用那软绵绵的东西强奸我。我当时就想,他要怎么才能把那软东西插进我的身体?那丑陋的玩意又红又长。我知道什么是强奸,女孩子们经常讨论这类事,她们说得再清楚不过。但是我不知道外祖父的那东西放进外孙女的嘴里也算是强奸。我只想告诉他维奥莱特死了,可他妈的混蛋把我当成什么人了,他是利用小姑娘来到他家的情况下手?我走的时候他打开门还给了我钱,吻我的头发把钱给我结果我根本没把维奥莱特已经死了的消息告诉他。想到这儿,薇拉·坎迪达从包里掏出小刀,在楼道里挑着走避免那些有可能让她摔倒的地砖,薇拉·坎迪达感觉内心的仇恨在增长,她已经看不到那只小猴子了,只能在楼道里转悠。她心想,这老家伙又把我弄得晕头转向。她推开一个个房间,有的是空的,房门关着;有些装满了家具用床单盖着,巴掌大的潮虫在床底下爬来爬去。烟囱上有个燕子窝,地上乱七八糟,到处散落着鸟粪和白骨。幸亏手里拿着刀子,肚子也不疼了,她嘴里有股血腥味,这几个月以来她嘴里一直有这股味道。薇拉·坎迪达甚至感到自己精神百倍,一想到要杀掉自己的外祖父她就立刻精力充沛。身上的背包有点重了,她随手放在一个熟悉的门前面,其实记住包在这个地方也没什么意义,就算她能找到背包也找不到这个迷宫的出口。那只猴子又出现了,不知是不是同一只,在她面前跑进过道左边的一个门里。薇拉·坎迪达跟着它,推开门,她看到的是外祖母给她描述过的客厅,她看到通向平台的三个落地窗,从平台上看到的大海被罗丝·布斯塔曼特的小木屋挡住了视线。薇拉·坎迪达被窗外射进的阳光花了眼,她低下头用手护住眼睛,看见地上到处是垃圾,有碎纸、书和扔到各个角落发霉的食物。"这里肯定有一窝耗子,跟我小时候在海边看到的棕色大耗子一样。"薇拉·坎迪达眯着眼渐渐适应了屋里的光线,屋顶上的水晶灯还在,只不过全都点缀着蜘蛛网,上面还吊着一根绳子类的东西，类似锦缎睡衣的腰带，而在这锦缎睡衣腰带上吊着的是一具发干的尸体，非常干了，表情诡异。薇拉·坎迪达注意到就在干尸下边的地上非常脏，像是尸体里的内脏全都掉了出来。她心想，这都有几个世纪了。她气愤地想，这老东西许多年前就吊死了，连耗子都没把它吃掉。她不敢靠近，生怕这具又干又空的尸体会有些什么法力。她还在想，这老东西上吊了。手中的刀掉到了地上。她谨慎地走近像是怕尸体会突然活起来大叫着扑到她身上，好像她自己就在某个墨西哥恐怖电影里一样。"无论需要多长时间我都一定要走出这里。"她围着尸体一边转一边自言自语，"走到窗户那边好迎着光仔细看看你我的孩子，维奥莱特死了。"她重复说了好几次，"维奥莱特死了。"她看见他的牙龈里露出的牙齿和没有眼珠的眼睛。他身上没有衣服，不是被耗子们吃掉了就是他当时就是光着身子上吊的，这也符合他的作风，就会干这种无聊的事，她感觉更加瞧不起他，她心想他一定是希望人们在他成为干尸之前见到他，可以看到他长长软软的那东西一直拖到膝盖，或许这不过是她当时的印象，因为十四岁的女孩儿还没有长度的概念。她向后退去，从一个落地窗走出去到了平台上，从那里她看到了快餐店和孔索罗幽灵老妇人的小屋，就在正下方。她心想，我要回到那里去。现在她并不感到痛苦，只是嘴里还有血腥味，像是掉了颗牙而她一直在吸那牙洞里的血。不管有没有猴子指路她都要走出这里，她靠在已经不太结实的栏杆上。但她知道她费了这么大的力气爬上来并不是为了从外祖父的栏杆上跳下去，她来到这里就知道了一切而一旦知道了这一切她也没有任何其他需要知道的事情了。

5　永存的事物

　　伊沙加请莫妮卡到捕鲸小巷来吃饭，他也不知道是什么原因推动他做这件事，因为自从薇拉·坎迪达出走而莫妮卡放弃去安哥拉的行动之后他一直不知怎么跟莫妮卡打交道。他精打细算，好像准备这顿饭有固定的经费，一分钱也不能超支。他缓慢而精细地切洋葱，像爆破员解爆炸弹一样小心谨慎地挤柠檬。他对什么都没有味觉，他的胸上压了一块石头，这块石头令他胃口全无，也没有说话的欲望。今天早上他收到从瓦塔布纳寄来的一个包裹，一开始他以为里面除了些老掉牙的债券之外什么都没有。他坐在那儿垂着双手，包裹打开着，他多希望得知一点她的消息，可是没有，只有那些石器时代的债券。假如他不是这样悲苦的话他会大笑出来，而且这是什么券啊？罚税券？命运券？这是从瓦塔布纳寄出来的很普通的邮局包裹，他想在上面看到寄出日期，但被划掉了。他当时打开包裹看到里面除了这些破债券以外一无所有，什么什么都没有时，说真的，他的感觉是生气，生薇拉·坎迪达的气。他甚至出口骂了句："混蛋。"后来他后悔了，不过他确实是大声骂了："混蛋！"他恨她把他一个人甩在客厅里，"像往常一样她什么都不跟我商量。"他又一次感觉被欺骗，她不管不顾地一意孤行:"你就当我不曾存在过想怎么着就怎么着吧。"后来他发现薇拉·坎迪达在包裹里放了个小纸条才静下心来,他怎么一开始没发现呢?小纸条上写着:"我想你们我的至爱。"他把纸条折起来放进衬衫口袋里然后想着把这些债券是留着还是交给莫妮卡还是全扔掉。他没想到要把它们烧掉,在现实生活中没有这样的动作,现实生活中总是忘记,不是扔掉就是遗忘,生活中的碎片是不能烧掉的。最后出门上班之前他只是放在床上。

伊沙加完全沉浸在自己的思绪中,根本没注意莫妮卡敲了门之后也没等人同意就闯了进来——这就是她的风格,从来不等别人同意:"没人回应我就进来。"他吓了一跳,正在切细柠檬片的刀一下子切了手,柠檬酸刺痛了伤口一下子把他惊醒了。"你好莫妮卡。"他把脸伸过去,莫妮卡的吻是蜻蜓点水式的,像是厌恶接触别人的身体。她把包扔到沙发上显得很疲倦,她常常显得疲倦,从小孩子时代起这就是她的常态,也许她认为疲倦的样子使她显得更有朝气。伊沙加到浴室里去消毒伤口,心想,假如我不希望她来就不该邀请她。他感觉这个晚上会很不好过。"她干的好事。"这是莫妮卡自从她妈妈出走之后常说的话,甚至在知道她母亲得了病以后仍旧这样说,让伊沙加很不高兴。他其实是在没有办法的情况下打电话给奥拉伯医生才得知真相,他真后悔为什么没早打这个电话,他可以对她说:"没关系,不过是胃溃疡之类的东西,一点都不严重。"他为什么就让她自己承受痛苦,为什么由着她关闭了所有心灵的窗户幽闭自己独自准备出走呢?而莫妮卡在知道了母亲生病之后仍然怪罪她,这差点令他有罪责感,伊沙加心想,她不过是无法承受这个事实,她很悲伤。他试图回忆起当初他听到母亲在华雷斯城去世这个消息时的反应,他当时是怪罪她呢还是将这个痛苦深埋在了一个角落或是大脑的某个地方以便继续无忧无虑地生活下去?

他这才意识到,假如当时他母亲在身边他一定会因为她的无能而把她掐死。

伊沙加在思考类似的问题时常常自鸣得意——他确实常常思考类似的问题,想到他的母亲和薇拉·坎迪达会令他笑上好一段时间,他把比较这两个女人当成一个游戏。他独自摇头晃脑地发笑像是给自己编上一段笑话,这会儿他就自己待在浴室里笑了起来。莫妮卡听到笑声站到浴室门口问:"你怎么了?"伊沙加像是没明白问题回答说:"我切着手了。"说完从她面前穿过走出浴室,她跟着他走到厨房坐下来一言不发地看着他继续准备晚餐。她的沉默令他安心,就是在沉默中他与她分享的东西最多,这并非敌意的、仇恨的或不快的沉默,而是安详与平和的沉默。他把准备好的柠檬鸡放进烤箱时说:"我要去找你母亲。"他这么说其实很奇怪,因为他事先根本没有想到要这么说,他完全可以打赌说他请莫妮卡来肯定不是为了说这句话。看得出她受了打击继而轻声问:"她还在瓦塔布纳吗?"她好像还在思考又继续说:"你们就这么把我扔下?"她说的话里夹杂着一点慌乱的情绪,也只有跟她生活了很长时间的伊沙加能分辨得出来。伊沙加转过身去看她,她还是那么个小女孩儿模样。他心想,假如她只是只小动物或是现代化的玩具,她会接受下来笑着说:"很好,这是个非常好的主意。"但她显然并没有这么想,她只把玩具留给自己。这时候的她只有八岁,刚刚丢掉了第二只心爱的小兔子正伤心。最后是她的怨恨占了上风："你们只想着自己。"说这话的她一下子长到了十三岁。"我取消了安哥拉的旅行跟你一点关系也没有。"伊沙加看着她继续想，她取消了安哥拉的旅行确实跟我一点关系也没有。她站起身抱着双臂走向落地窗，伊沙加在她刚起身的凳子上坐下来，用餐布仔细地擦手，对着她的背开始说话。他说他不会在那边待很长时间，他不愿让自己心爱的人在他不熟悉的地方死去，而他一直期望着如果有一天她死在他前面他要陪伴着她。其实他这么想很奇怪因为他明明比她大十八岁却总是想到这种可能性。他不知道莫妮卡是不是在听，但至少她没打断他，他本来想感谢她这么顺从，但想想这种说法不太合适，不过他就是这么想的，因为他感觉自己刚刚驯服了一只不太听话的小动物。对于她的沉默他感到欣慰也感到轻松，因为她不像往常一样看着说话人的眼睛，而他只能冲着她的满头浓发说话。他继续跟她解释这些年跟薇拉·坎迪达在一起的生活，以及接受抚养莫妮卡是因为他爱她的母亲，而这就是抚养这个小姑娘充分的理由。"我会回来的，"他说，"我要去跟我心爱的人会合。"这个决心一下，他就要到奥拉伯医生那里去要吗啡和一切可以止痛的药品然后明天就上飞机，他不要坐那艘去诺阿图的脏船，他要尽快到达那边，他甚至向往他要做的事，陪伴着他美丽的爱人到想去的地方，他品味着莫妮卡无声而平和的沉默，立即就想动身到那边去。他希望把爱人的头抱在怀里，他也希望她蹲下身来。他想，这也就是我所能做到最好的事情了。他向莫妮卡建议："你来跟我一起为她选点东西好吗？"她没有转身，说出的话冷漠而保留："我不会跟你去那边的。"他微笑着回答说："当然。"她就跟着他进了房间。伊沙加做的饭其实谁都不想吃,但两人都是为了对方高兴才吃。等待饭熟的工夫他们挑选着伊沙加要给薇拉·坎迪达带走的衣物,伊沙加给莫妮卡·罗丝看她母亲写的纸条和寄来的债券。莫妮卡应该根本不知道这是什么东西但她也不提问题,很有可能她对此根本不感兴趣。她开始说话,讲她在工作中遇到的事,把那些债券都收到小盒子里放在房间的一个角落。伊沙加观察她的动作心想,她根本不想要,她拒绝这一切。她拒绝一切来自瓦塔布纳的东西。想到这个倒让他放心了。有一会儿,她在翻旧相册里的照片,而他在叠衬衫。伊沙加说了些有趣而悲惨的事,他们一起开心地笑了起来。